나
무
無

나무無

발행일 2018년 7월 31일

지은이 김 경 일
펴낸이 손 형 국
펴낸곳 (주)북랩
편집인 선일영 편집 오경진, 권혁신, 최예은, 최승헌, 김경무
디자인 이현수, 김민하, 한수희, 김윤주, 허지혜 제작 박기성, 황동현, 구성우, 정성배
마케팅 김회란, 박진관, 조하라
출판등록 2004. 12. 1(제2012-000051호)
주소 서울시 금천구 가산디지털 1로 168, 우림라이온스밸리 B동 B113, 114호
홈페이지 www.book.co.kr
전화번호 (02)2026-5777 팩스 (02)2026-5747

ISBN 979-11-6299-243-2 03810(종이책) 979-11-6299-244-9 05810(전자책)

이 도서의 국립중앙도서관 출판예정도서목록(CIP)은 서지정보유통지원시스템 홈페이지(http://seoji.nl.go.kr)와 국가자료공동목록시스템(http://www.nl.go.kr/kolisnet)에서 이용하실 수 있습니다.
(CIP제어번호 : CIP2018023190)

홍미 위주의 특종보다 훈훈한 미담을 찾는데
더 마음이 꽂혀버린, 초보 기자의 감성 노트.
그의 수첩엔 굵은 글씨체로 쓴
'나무'란 단어가 빼곡하다. 그 이유가 뭘까?

김 경 일
에 세 이

나무 無

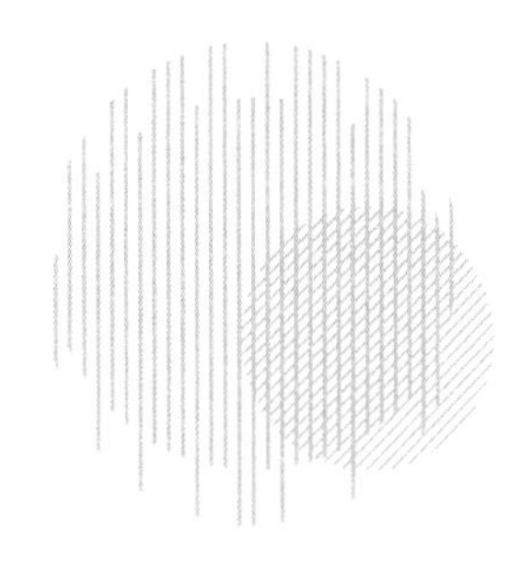

북랩book Lab

기자 시절,
신문 1면에 배치되는 특종을 잡아낼 때보다도
사람들을 미소 짓게 하는 이야기,
그러니까 알려지지 않은 미담을 캐낼 때가
오히려 더 큰 행복이었다.
가슴이 짠한 뉴스들로
신문이 도배되고, 세상이 채워지길 바라는
바보 기자를 벗어나지 못해서일까.

난 욕심을 비워 사랑을 주위에 나누는,
꽤 괜찮은 사람들을 만나면
'아름다운 사람'이라 불러주고 싶어진다.
하지만 이런 호칭을 붙이면 곧 난리가 난다.
상대방은 잘 한 일이 없다고 당황해하거나
얼굴이 빨개지며 손사래를 치기 일쑤다.

그러니 괜한 호들갑 같아서
'아름다운 사람' 대신
다른 표현을 쓰는 버릇이 있다.

"어쩜 그리도, 나무 같으세요!"

서문

나무처럼 살 수 있길

나무(木)

어릴 적 꿈은 '나무(木)'와 같은 사람이 되는 거였다. 높은 자리에 올라서 사람들을 호령하는, 뭐 이런 장래희망을 생각해보지 않은 건 아니지만 그럴만한 재목이 아니라고 스스로 판단해서일까. 소박한 꿈에 매달려 이런저런 욕심을 부려봤던 것 같다.

가족과 친구들에게 시원한 그늘을 만들어주는 느티나무 같은 인물이 되었으면 더할 나위 없겠다. 그게 아니면 백색의 꽃으로 아름다움을 선사하는 이팝나무나 은은한 향을 품은 커피가 생기는 커피나무와 같은 삶도 괜찮겠다.

나무만큼이나 모든 이들이 반기는 존재가 과연 있을까. 그렇다면 이름 없는 나무도 나쁘지 않아.

이 정도가 머릿속에서 그려본 그림이었다.

그런데 성인이 되어 어느 순간부터 조금 다른 나무가 되고 싶어졌다.

나·무(無)

꿈이 여전히 나무이긴 하지만, 내 안에 있는 것들을 덜어내 나를 비우는 '나·무(無)'를 쫓고 싶었다.

간절히 바라면 본래 없었던 용기도 생겨나는 걸까? 좋은 조건의 대기업을 박차고 나와 사회복지사, 신문기자, 작가의 길로 들어선 결정들은 모두 나쁘지 않은 선택이었다. 욕심을 비우고 가진 것을 나누는, 꽤 괜찮은 사람들을 바로 옆에서 지켜볼 수 있는 기회가 생겨났으니까.

그들과 함께하거나 지켜보며 나도 모르게 그들에게 반한 순간들이 정말 많았다. 마음이 움직였던 때마다 그 일화들을 글로 옮겨보고 싶었다. 이 책을 세상에 내놓는 이유다.

'나무(木)'이든, 사랑을 주위에 나누는 '나·무(無)'같은 사람들이든, 모두를 꼭 안아주는 품은 어쩜 그리 따뜻하던지.

여전히 난 늘 그립다.

차례

03
말과 행동 : 스스로를 드러내는 것

01

×

뜻

×

삶을 결정하는 것

사람의 존재감

기자 생활 중 잊지 못할 사람들이 몇 있다.

그 중 대표적인 사람은 카페를 운영하는 O대표다.

어느 날, 카페를 운영하는 O대표가 급히 날 찾았다. 왕년의 스타가 노숙 생활을 하고 있다는 소문을 들려주기 위해서다. 얘기를 듣고 나서 "그런 이름의 스타가수가 있어요?"라고 되물었을 정도로 낯선 이름, 한정선.

그가 1980년대 명곡 '아직도 못다 한 사랑'과 '여인' 등을 노래했던 그룹 솔개트리오*의 멤버라는 사실을 알게 됐다. 솔개트리오의 인기는 과거에 엄청나 지금으로 치면 유명 인기 그룹으로 기억하는 어르신들이 많았다.

그래서 취재를 시작하면서도 설마했다. 한때 스타였던 가수가 거리를 전전하고 있다고? 에이 말도 안 돼.

놀랍게도 그게 아니었다. 가수 한정선이 인천에서 쓰레기통을 뒤지는 노숙 생활을 이어가며 조현병의 초기 증세로 고생하고 있다는 소문은 사실이었다.

기사를 보고 안타까워하는 사람들이 많아서인지 기적 같은 일이 벌어졌다. 가족과 지인, 팬들의 도움으로 가수 한정선이 치료를 마치고 지난해 다시 무대에 섰으니 말이다. 특히 공중파 방송의 도움이 컸다. SBS 프로그램 '궁금한 이야기 Y'에서 2016년과 2017년에 방송돼 세간의 폭발적인 관심을 끈 게 큰 힘이 됐다.

그런데 그의 사연이 수차례 신문과 TV에서 소개되자 앞뒤가 맞지 않다는 의혹들이 사실 제기됐다. 저작권료 수입은 어디 가고 노숙 생활을 하는지 그 이유를 도통 모

---

* 솔개트리오 : 인천 출신의 한정선·황영익·김광석(가수 故김광석과 동명이인)이 결성해 1980년대에 이름을 날렸던 포크 트리오로, 그룹 이름을 소리새로 바꾼 뒤 '그대 그리고 나'를 발표해 당시 100만 장이라는 초유의 음반 판매량을 기록했다.

르겠다는 반응들이 쏟아졌던 것이다.

하지만 그가 병원에서 퇴원 후 과거에 자신의 계좌로 꼬박꼬박 입금된 저작권료를 직접 인출해 썼다고 밝히면서 그런 의혹들은 곧 수그러들었다. 정확한 액수를 밝힐 수는 없지만, 그가 앞으로도 계속 저작권료를 받을 테니 앞으로의 생활에는 큰 문제가 없어 보인다. 어쨌든 모두가 바라는 대로 일이 잘 풀려 다행이었다.

한정선의 사연을 다시 꺼낸 이유가 사실 따로 있다. 그가 노숙 생활과 병원치료를 끝내고 가수로 복귀하기까지 가장 애를 쓴 이는 누가 뭐래도 그 소문을 처음 알려준 카페 사장 O대표였다. 한정선과 동네에서 같이 자란 O대표는 어릴 적 인연을 잊지 않고 처음부터 팔을 걷어붙이고 나섰을 정도로 정성을 쏟았다. 그는 생업을 뒤로 한 채 한정선을 도와 오히려 주위사람들의 걱정을 샀다.

그런데 이상한 건, 가수 한정선의 기막힌 사연과 재기 과정을 담은 TV방송에서 O대표의 모습은 많이 띄지 않았다는 것이다. 솔개트리오 한정선이 오랜 노숙생활을 접고 20여 년 만에 가수로 복귀하는 날, 무대 구석에서 조용히 응원의 박수를 쳐주는 O대표를 발견하곤 말을 붙였다.

"이런 날이 오다니 감격스럽네요. 어쨌든 O대표님의 공이 제일 컸어요."

"에이, 내가 무슨 일을 했다고 그런 공치사를…."

"그런데 TV에는 왜 얼굴을 많이 비추시지 않았어요? 대표님 모습이 제일 많이 나오는 게 당연한데."

"여러 사람들이 텔레비전에 나와 정선이 형을 도와주면 그게 더 고마운 거야. 그러니 김 기자, 난 괜찮아."

"아, 많은 일을 해내셔서 방송에서 부각되길 내심 바랐는데 좀 아쉽네요."

"무슨 뜻인지는 알겠는데, 한 번 잘 생각해봐. 몇 개월 전까지만 해도 거지꼴 행색으로 쓰레기통을 뒤져 끼니를 해결하던 형이 이젠 집을 구해 편히 잘 수 있고, 게다가 가수로 무대에 섰으니 뭘 더 바래. 그럼 된 거야."

그 순간, 한정선의 재기 무대를 보러온 많은 군중 속에서 단 한 사람만 보였다. 사람의 존재감을 그때만큼 크게 느껴본 적이 없었기 때문이었다.

아, 무거운 존재감이란 이런 걸까.

가볍지 않아서 여기저기 빙빙 돌며 부유(浮遊)하지 않고 가라앉는.

그래서 잘 드러나지 않는.

하지만 자신의 가라앉음으로 마법의 부력(浮力)을 일으켜 허우적거리는 상대방을 물 위로 떠올리게 하는.

나비 효과 광신도

학계에서 아직 증명되지 않은 '나비 효과 이론'을 철석같이 믿고 있는 선배의 이야기다.

'나비 효과(Butterfly effect)'란 브라질 정글에 있는 나비의 날갯짓이 멀리 떨어진 곳, 예를 들면 미국에 폭풍우를 몰고 올 수 있다는 뜻으로 풀이된다. 그러니 언뜻 들어서는 황당할 수 있다.

본래 이 이론은, 아무런 상관이 없어 보이는 사건이나 행동이 자연과 인간에게 엄청난 영향을 미칠 수 있다는 가설로부터 출발했기 때문이다.

선배는 만나는 이마다 일단 한 번 믿어보라 부추겨 귀찮게 했다. 거의 광신도(狂信徒)와 다름없었다. 그가 나비효과를 신봉하게 된 계기를 설명하면 이렇다.

그는 여러 대리점을 총괄·책임지는 자리를 맡은 적이 있었다. 첫 출근 날부터 강행군을 펼쳤다. 그러던 중 숨겨져 있던 원석을 찾아냈다. 자기 밑에 있던 C차장으로, 화술이 좋고 관리능력이 뛰어나 관리자로 제격이라 판단했다. 능력을 꿰뚫어본 선배가 대리점 하나를 맡겼더니 예상치 못한 큰 성과를 결국 만들어냈다는 식의 그런 줄거리였다.

그쯤 듣고 내가 "뭐, 그런 일은 흔하지 않아요?"란 말로 선배의 얘기를 끊은 건 실수였다. 예측하지 못한 일들은 지금부터다.

승진한 C소장이 아내와 함께 어느 날 선배를 찾아왔다. 일정에 없던 저녁식사 자리가 생겨 버렸다. 선배는 불편한 마음에 빨리 먹고 집으로 가고 싶었다.

하지만 선배는 쉽게 자리를 뜨지 못했다. 대화를 주고받던 중 C소장의 아내가 뜬금없이 눈물을 글썽거려서다. 갑작스런 눈물을 보고 당황한 선배는 어쩔 줄 몰라 했다.

짐작되는 게 하나 있긴 했다. 후배들에 치여 승진 심

사에서 계속 밀렸던 남편이 대리점 소장이 됐으니 울컥해서.

그게 아니었다.

C소장의 아내는 가정의 행복지수가 천장 끝에 닿았다는 말을 불쑥 꺼냈다. 요새만큼 살 맛 나는 때가 없다나? 그 말이 도통 무슨 소리인지 알 수 없는 선배는 마냥 듣고만 있을 수밖에 없었다.

요지는 C소장, 즉 남편이 몰라보게 달라져서다. 그가 바뀐 건 정말 많았다. 늘 주눅이 들었던 얼굴에 웃음과 생기가 돌고, 싫다던 양복을 매일 말끔히 차려 입고 출근하는 등 달라지기 시작했다. 매일 술에 취해 들어오던 모습은 줄어들고 갑자기 살뜰히 자식들을 챙기지 않나, 여하튼 바뀐 게 백 가지가 넘는다는 말이 과장이 아니었다. 게다가 도대체 무슨 자신감인지 최근에는 모교 동문회장을 맡았고, 아마 몇 년 후면 시장에 출마할지도 모르겠다는 우스갯소리까지 나왔다.

이게 끝이 아니었다. 전편은 남편에게 일어난 변화라면, 후편은 남편이 싹 바뀌며 가족생활이 달라진 얘기.

남편이 집에 일찍 들어오자 아들이 툭하면 찾던 PC방 대신 제 방에서 책을 펼치는 모습을 보이질 않나. 서로 서먹한 남편과 아들 간에 대화를 나누질 않나. 이에 콧노래를 부르고 싶을 정도로 절로 살맛이 난단다.

그날 선배는 졸지에 한 가정을 행복하게 만든 주인공으로 떠받들어진 셈이었다. 당황스러웠지만 전혀 예상하지 못한 얘기에 은근 찡했다고 했다. 저녁 식사 내내 따뜻한 기운이 묻어났다고 말했다.

"내가 도대체 무슨 일을 했길래. 그냥 능력 있는 직원을 뽑아 대리점 하나를 맡긴 게 다잖아. 그게 뭐라고, 참나. 정말 머쓱하고 황당했지. 그런데 말이야, 우연이지만 나 때문에 행복했다는 말을 듣곤 묘한 기분이 들더라. 왠지 모를 뭉클함이 밀려와 감당이 안 됐어."

그렇게 자신의 사소한 행동으로 인해 전혀 예상하지 못한 일들이 나타날 수 있다는 것을 깨닫게 된 이후에 나비 효과 광신도가 되어버린 선배. 요새는 뭔가 도울 게 없나 찾아보기 위해 이곳저곳을 들쑤시고 다닌다. 남의 일을 마치 제 집일인양 챙긴다는 소식도 들려온다.

그 선배가 앞으로 무슨 일을 벌일지 궁금해진다.
그런데 더 궁금한 건,
선배로 인해 누가 또 행복해질 지다.

소중한 가치

"젊었을 때 정말 열심히 일했답니다. 그래서 65살에 당당히 은퇴했습니다. 그런 내가 30년 후인 95살 생일 때, 얼마나 후회의 눈물을 흘렸는지 모릅니다. 남은 인생은 그냥 덤이라 보고 죽기만을 기다리며 허송세월로 보냈기 때문입니다."

SNS에서 '95세 어느 노인의 일기'로 회자되는 글의 일부다. 수기를 쓴 실제 주인공은 2015년 103세 나이로 별

세한 호서대 설립자, 고(故) 강석규 명예총장으로 알려져 있다. 그는 은퇴 후 의미 없이 지낸 30년이 너무 안타깝다며 95세 때 어학공부를 시작해 화제가 됐다. 그런데 결심 동기가 바로 '105세 생일 때 후회하기 않기 위해서'라니. 참 놀랍지 않은가.

실제로 나이가 들어가며 가장 많이 드는 생각은 '후회'일 듯싶다.

'그때 왜 그랬을까' 등의 후회가 밀려오면 가슴이 답답한 법. 그래서 후회란 단어를 가슴속에서 지우기 위해 하지 못했던 일에 도전하는 경우가 많다.

후회 없는 삶이 뭔지를 알려준 노인들은 여럿 있다. 90세 때 미국 일주 여행에 나선 노마 바우어슈미트 여사도 그 중 한 명이다. '인생의 마지막을 정리하는 법' 하면 떠오르는 인물로 많은 이들이 그녀를 꼽는다.

"의사의 자궁암 말기 판정에 평생소원이었던 미 대륙 횡단에 도전할 용기가 생겨 좋았다."란 여행 동기가 사람들의 마음을 휘젓는다. 제대로 몸을 지탱하기 어려운 상황에서 여행을 시작한 이유가 뒤늦게 용기를 얻어서라니. 그녀는 항암 치료를 포기한다. 아들 부부와 함께 꿈에 그리던 여행을 떠난다. 그리고는 하늘을 나는 것 같이 좋다던 여행 중에 병세가 악화돼 생을 마감한다.

이에 못지않은 감동 드라마를 보여준 늦깎이 시인도 있다. 99세에 문단에 데뷔해 세계 최고령 시인 칭호를 얻은 일본인 시바타 도요 할머니.

그녀는 시집 「약해지지 마」를 내자마자 바로 스타덤에 올라 화제의 인물이 됐다. 자신의 책이 번역돼 전 세계 사람들이 읽었으면 좋겠다는 꿈을 위해 99세에 첫 시집을 내 주위를 놀라게 했다.

더욱 놀라운 점은 자신의 장례비를 위해 모아둔 목돈을 깨 시집을 냈다는 것이다. 시바타 도요 할머니는 2013년 102세의 나이로 눈을 감았지만, 뒤늦게 한국·대만·네덜란드에서 책이 번역되어 출판됐으니 결국 꿈이 이뤄진 셈이다.

얼마 전 호스피스 시설에 입원한 말기암 환자의 전시회를 취재하기 위해 찾아간 적이 있다. 위암 3기로 항암치료가 효과가 없다는 의사의 말을 듣곤 다시 붓을 잡은 동양화가가 10년 만에 연 개인전이다. 주제는 '후회 없는 죽음'. 생애 마지막이 될지도 모를 전시회임을 암시했다.

그는 부채에 그림과 글을 새겼다. 전시가 끝나자 작품들을 다른 암 환자들에게 나눠줬다. 그런데 작품에 담긴 의미를 제대로 아는 이가 없었다. 동양화가니 늘 하던 대로 부채를 골라잡아 그렸겠지. 다들 대수롭지 않게 그냥 지나쳤을 뿐이었다.

궁금했다. 한겨울에 부채를 나눠준 이유가 뭔가 있을 텐데? 정말 까닭이 따로 있었다. 남은 시간이 고작 몇 개월인 자신과 같은 처지의 환자들을 위한 절절한 뜻이 숨겨져 있었다. 죽음을 앞둔 그 화가는 어떤 희망과 부탁을 부채에 담아낸 것이었다.

'곧 올 여름까지는 버텨주길. 그때 이 부채를 사용해주길. 꼭, 살아주오.'

그날 난 전시회장을 둘러보다가 어느 글귀에서 아주 오랫동안 눈을 떼지 못했다. 이런 문구가 보였기 때문이다.

'죽을 때까지 행복하게.'

이보다 더 소중한 가치가 어디 있을까.

진짜 어른

'착한 악마'란 동화에서만 나오는 단어인 줄로 알았다. 그런데 아니었다. 지금 세상에서 많이 살고 있다는 뉴스를 보고 깜짝 놀랐다,

어제 아파트에서 투신한 어느 초등학생이 쓴 유서를 보도한 방송이 나왔다. 친구들로부터 성추행과 폭력에 시달린 그 아이의 마지막 외침은 사회의 어두운 민낯을 그대로 들추어냈다.

"어른들은 어린이들을 무시하고 자신 외에는 생각하지

않는, 입으로만 착한 악마입니다."

가슴 아팠다. 그 어린아이가 지칭한 '착한 악마'가 바로 '어른'이라니. 괴롭힌 친구들은 물론, 피해자인 자신의 손을 잡아주지 않았던 학교 관계자와 가해 학생의 부모를 원망하며 유서를 썼다니 기가 막혔다.

아, '진짜 어른'에 대해 생각해 보게 된다. '어른다운 어른'으로 꼽힐 수 있는 이들이 이 세상에 얼마나 될지 궁금해진다.

'노숙인의 대부'로 불리는 어느 신부 옆에서 잠깐 일을 도운 적이 있다.

경기도 성남에서 노숙자와 가출 청소년의 재활을 돕고 있는 K신부님. 따뜻한 밥 한 그릇 맛있게 드시라 공손하게 인사하는 신부님의 모습은 늘 똑같다. 언제나 환한 미소를 짓는다. 2014년에 아주 큰 상을 받고 지금은 방송과 언론에서 자주 보이는 유명 인사가 되셨다. 그런데 사람들에게 잘 알려지지 않는 일화가 있다. 30여 년 전 이탈리아에서 한국행을 택해 노숙인 쉼터를 연 지 얼마 안 돼 생긴 일이었다.

어느 날 술 취한 노숙자로부터 폭행을 당하는 불상사가 벌어졌다. 신부님의 말을 빌리자면, 그날 하루만은 마음을 다스리지 못해 웃지 못했다고 했다. 딱 하루만.

주위 사람들이 '미소'를 K신부님을 상징하는 첫 번째 표식(表式)으로 치는 이유를 알 만하다.

신부님을 따라다니면 낯선 풍경도 벌어진다. 워낙 빨리빨리 걸어 다니니 처음엔 뒤쫓아 가기가 벅찬데, 따라가다 보면 이상한 일이 벌어지곤 한다.

저 멀리서 동네 주민들이 신부님을 쳐다보며 뭔가 혼자 중얼거리거나 수군거리는 모습들이 눈에 자주 띈다.

왜 그러는 거지? 처음엔 몰랐다. 귀를 쫑긋 기울여야 간신히 들린다.

"어쩜. 어떻게 늘 웃고 다니실 수가 있지? 저 분은 아이 같은 어른 같아!"

"나도 저렇게 살아야 하는데 말이야. 남을 돕기가 쉽지 않을 텐데, 저절로 고개가 숙여지네!"

"저기 가는 신부님 말이야, 정말 조금이라도 닮아보고 싶어!"

이런 수군거림을 신부님은 아시는지 잘 모르겠다. 하지만 옆에 따라다니는 사람들에겐 익숙하다.

그래서 난 이를 K신부님을 상징하는 두 번째 표식으로

부르고 싶다.

사람마다 존경을 표하는 방법이 다 다른 듯하다. 깍듯이 인사하거나 선물을 드리는 것처럼 수군거림 역시 존경심을 표시하는 방법임을 그제야 알게 됐다.

진짜 어른이란, 어른다운 어른이란 이런 게 아닐까 싶다.

늘 밝은 미소를 잃지 않으며,
사람들의 수군거림 속에 존경이 묻어나는 사람.

딸의 질문

언젠가 초등학생이던 딸이 밥상머리에서 내게 불쑥 질문을 던졌다.

"아빠, 병역·근로 뭐 이런 의무만 지키면 어른이 되는 거야?"

"음? 뭐라고?"

"오늘 학교에서 배웠어. 어른이 되면 꼭 해야 하는 국민의 의무라고."

"그렇지. 누구나 나이가 들면 해야 하는 일 맞지."

"그럼 궁금한 게 있는데, 텔레비전 보면 안 지키는 어른들이 나오잖아. 그런데도 어떻게 우리나라에서 살 수 있는 거야?"

딱히 생각나는 말이 없어 동문서답 식으로 그냥 둘러댔다.

"네가 묻는 이유는 알겠는데. 글쎄, 어른이라고 다 성숙한 게 아니라서…."

하지만 딸의 연이은 질문에 말문이 막혀버렸다.

"그럼, 아빠는 진짜 어른이야, 아니야?"

"……."

꿀 먹은 벙어리가 될 수밖에.

가끔은 어른 안 하고 싶은 날이 분명 있다. 어른의 얄팍한 지식만으로는 어린 아이의 아주 간단한 질문을 감당하기에도 버거울 때가 생겨나서.

신부님의 공부법

"몰라서 물어보는 건데, 공부 꽤나 하는 너희들 말이야, 공부하는 이유 좀 알려줘 봐. 난 도통 모르겠단 말이야."

학창시절 전교 100등 언저리를 맴돌았던 친구 J의 시원찮은 질문에 우리 반에서 대답하는 아이는 없었다. '그것도 모르냐'는 일종의 무시. 공부하는 목적을 묻는 고등학생이 정상은 아니라고 봤기 때문이었다.

'그것도 질문이라고 하는 거냐. 대학에 들어가는 게 공

부하는 목적이지, 다른 이유가 뭐가 있겠어.'

물론 이런 내 속마음을 꺼내 보여주지는 않았다. 그래도 친구이니까.

이 녀석은 전교에서 성적이 아닌 학교 도서관을 가장 많이 이용하는 학생으로 유명했다. 표창을 해마다 받았다. 그런데 친구들로부터 칭찬뿐만 아니라 조롱도 함께 받았다. 도서관을 제 집 드나들 듯 한 건 잘한 짓인데도 비웃음이 쏟아진 이유가 있었다. 도서관에서 참고서가 아닌 문학책이나 위인전을 읽어댔으니까.

J의 답답함은 이게 전부가 아니었다. 그와 통학을 같이 하면 문제가 생겼다. 땅에 떨어진 쓰레기를 다 줍고 가는 딴 짓에 열중했던 것이다. 그러니 정상적인 통학 시간의 몇 배가 걸렸다. 당연하게도 친구들은 짜증이 날 수밖에 없었다. 하여튼 J에게 쏟아진 핀잔과 짜증의 죄명(罪名)은 정말 많았다.

그렇게 별났던 그가 지난해 어엿한 신부(神父)가 됐다. 동창생 모임에 나온 그의 손에서 두툼한 책이 눈에 띄었다. 아, 지금도 여전히 책을 놓지 않고 있구나. 짐작됐다.

내심 궁금했다. 갑자기 옛날 생각이 떠올랐기 때문이었다. 그때 공부하는 이유를 왜 물어본 건지. 그래서 거

꾸로 질문을 던져봤다. 한참을 머뭇거리다 나온 대답이 걸작이다.

"다들 교과서와 참고서만 공부하니, 내가 뭔가 잘못된 건가 생각돼 물어봤지. 난 풀리지 않는 고민들이 많아 도서관을 자주 들렀을 뿐이야. 인생에 대한 답이 책에 있나 해서. 물론 아직도 못 찾은 답이 많긴 해."

순간, 그 짧은 대답에서 무게감이 느껴졌다.

돌이켜보면, 사실 난 공부하는 목적을 깊게 생각해 본 적이 없었다. 솔직히 말하면, 그냥 지기 싫어, 부모님을 기쁘게 하려고, 선생님께 칭찬과 인정을 받으려고, 좋은 대학을 가면 인생이 편해질 것 같아 공부한 기억 밖에 없었다.

그러니 공부하는 재미를 잘 몰랐었다. 아니, 내내 힘들었다. 그래서 시험이 끝나면 바로 책을 덮었다. 눈앞의 목적이 사라지면 그만두는 공부만 해댔다.

어느덧 공부와는 담을 쌓아도 되는 나이에 이르렀다. 하지만 친구의 말을 듣고 한 대 얻어맞은 느낌 때문인지 여러 가지 생각들이 머릿속을 스쳐갔다.

왜 공부에 매달렸을까. 제대로 된 공부란 뭘까. 앞으로는 좋은 책들을 골라 읽어볼까. 이제부터라도.

밥벌이 못할 거라 과거에 내심 걱정됐던 친구 J가 이제 사목을 시작하고 세상에 씨앗을 뿌리고 다닌다. 사람들의 마음속에 무슨 씨앗을 심을지가 궁금하다.

어쩌면 지혜의 씨앗도 그 안에 포함될 듯싶다. 책을 좋아해 도서관을 제 집 마냥 드나들면서 읽었던 글들이 그의 기억 속에 아직도 각인돼 있지 않을까.

삼라만상에 대한 궁금증으로 책을 손에 쥐게 되면, 머릿속에는 지식들이 쌓이기 마련이다. 그 지식들은 시간이 흘러 경험과 생각과 결합되면서 지혜가 되기도 하는 법이다. 그렇다면 궁금증은 곧 지혜의 초석이 된다는 공식이 성립될지 않을까.

음, 잠깐 동안의 만남이라 그에게 미처 못한 말이 있다.
친구야,
고맙다. 공부하는 이유를 가르쳐 주어서.
또 미안하다. 학창시절 공부 못한다고 무시해서.

친구의 행복 찾기

알아주는 미식가인 친구로부터 맛집들의 특징을 들은 적이 있다. 그의 얘기대로라면, 유명한 식당에는 몇 가지 공통점들이 나타난다. 물론 특출한 요리 비법이 첫 번째 조건이다.

그런데 처음부터 요리 비법을 갖고 시작한 건 아니라는 음식점 주인들의 설명은 좀 의외다. 식당을 개업하고 고생 고생하다가 나름의 비법을 개발했고, 그랬더니 손님들이 물밀듯이 밀려들어오기 시작했다는 것이다. 신기하게도 식당 중 열에 여덟은 그렇다는 말이다.

이 녀석은 툭하면 집을 나서 소문난 식당을 이 잡듯이 뒤져 전국 곳곳을 누빈다. 음식점 탐방에 나서는 이유가 사실 궁금하다. 억대 연봉을 받는 대기업에 다니는 그가 왜 사서 고생을 하는 건지 도대체 모르겠다. 언젠가 이 녀석은 뭔가를 찾고 있다는 속내를 털어놨다.

“행복으로 직행하는 열쇠를 아직 못 찾아서. 들들 볶아대는 직장은 하루라도 빨리 그만두고 싶고. 그만둔 뒤에는 제주도로 넘어갈 생각이야. 근사한 일식집만 차리면 그때부턴 불행 끝 행복 시작이야. 두고 봐.”

사실 그가 꿈꾸는 모델은 최근 TV 방송으로 인기를 끈 가수 이효리의 ‘효리네 민박’과 비슷하다. 매일 같이 사랑하는 가족과 함께 산책하고, 식탁에 둘러앉아 직접 요리한 음식을 같이 먹는 삶을 따라하고 싶은 거다. 적당한 일과 두둑한 살림, 아름다운 자연과의 공존, 충분한 휴식을 꿈꾼다.

이해가 된다. 또 당연한 일이다. 우리 모두 비슷한 꿈과 희망에 빠져 지내니까.

며칠 전 그 미식가 친구를 거리에서 우연히 만났다. 잠깐 동안의 술자리에서 그는 충북 청주의 명소와 식당들을 둘러본 얘기를 꺼냈다. 그때 나는 뜬금없이 물었다.

"이젠 전국에 있는 웬만한 맛집들을 다 돌아다니며 알아본 거 아냐?"

"음, 하긴 그렇지."

"그럼, 네 뜻대로 한 번 도전해봐."

엉뚱한 대답이 들려왔다.

"글쎄다. 일식집을 차릴 자신이 없는 건 아니지만 그동안 뭘 잘못 생각했던 거 같아."

"무슨 말이야? 알아듣게 얘기해 봐."

"대박 난 식당을 찾아 여기저기를 다 뒤지고 돌아다녀 봤잖아. 그런데 요즘에 이런 생각이 불쑥 들더라. '근사한 식당만 차리면 정말 행복해질까?' 확신이 안 서. 네 생각은 어때."

"얘가 더위를 먹었나. 웬 뚱딴지같은 말을 하니."

"음… 맛집마다 비법이 있듯이 어쩌면 행복에 이르는 길에도 지름길이 있을 거라 믿었어. 그런데 행복으로 직행하는 열쇠는 하나만 있는 게 아닌 것 같아. 내가 고생고생해서 찾은 게 하나 있긴 한데 말이야. 그건 바로 일식집을 차려내면, 그러니까 말이지… 내가 원하는 딱 한 가지를 갖게 되면 행복해질 거라는 생각을 버리는 게, 행복에 이르는 지름길일 듯싶어."

내 길을 모를 땐

래퍼 슈퍼비의 노래 '냉탕에 상어'는 어릴 적 엉뚱한 상상을 모티브로 삼고 있다. 이런 내용의 가사가 나온다.

"초등학교 들어가기 전에 아빠의 손에 잡혀 동네 목욕탕에 갈 때마다 냉탕 안에 상어가 살고 있을 거라 믿어 무서웠다."

노래 가사처럼 말도 안 되는 고민에 빠져 지낸 적이 누구에게나 있지 않을까. 물론 이를 지켜보며 속을 태우는 건 부모의 몫이다.

이처럼 나이 든 부모들이 보기엔 어쩌면 쓸데없는 짓이 요새 유행이다. 대표적으로 자아 발견을 위해 잠시 쉬는 기간을 뜻하는 '갭 이어(Gap Year)'가 우리나라에서 인기를 끌고 있다. 갭 이어란 학업을 중단하고 인턴십·봉사·여행·창업 등 다양한 경험을 쌓고, 이를 통해 자신의 길을 찾는 걸 말한다.

몇 년 전 오바마 전 미국 대통령의 큰딸이 갭 이어를 선택해 화제가 된 적이 있다. 영화감독이란 꿈을 위해 하버드대학교 입학 전에 1년여 동안 여행과 일을 해 보겠다고 용기를 내서다. 또 국내 한 방송국의 오디션 프로그램에서 우승한 로이 킴 역시 갭 이어를 통해 진로를 찾은 사례로 알려져 있다. 대학교 입학을 앞두고 원하던 가수의 꿈을 이뤘기 때문이다.

이와 비슷한 이유로 1학년 1학기를 마치자마자 과감히 갭 이어를 선택한 대학생 C양을 취재한 적이 있었다. 기사로 실었던 그녀의 경험담을 짧게 소개해볼 참이다.

점수에 맞춰 어렵게 입학한 대학의 전공(식품공학)이 맞지 않았다. 그래서 좋아하는 것과 배우고 싶은 것을 열심히 생각해봤다. 쉽게 답할 수 없어 고민스러웠다. 고심 끝에 15개의 위시 리스트(Wish List)를 생각해냈다. 그 중 하나인 '혼자 해외여행 다녀오기'로 인생 공부를 시작하기로 마음먹었다. 자신의 적성을 찾기 위한 발버둥을 치는 수밖에 달리 방법이 보이지 않았기 때문이다.

별 거 아닌 것처럼 여겼던 프랑스 여행을 통해 소녀에서 어른으로 성장했다면 사람들은 믿을까? 출국부터 말썽을 부렸다. 바로 며칠 전에 많은 사람들이 죽는 테러가 파리에서 일어나 부모님과 주변 사람들 모두 여행을 극구 말렸기 때문이다.

사실 겁이 났고 포기하고 싶었다. 밤새 울며 고민했다. 그런데 지금 그만두면 앞으로의 인생에서 정말 아무것도 하지 못할 거라 생각됐다. 그래서 우기고 떼써서 기어이 비행기를 타고야 말았다.

그때 용기 내길 정말 잘했다. 게스트하우스에서 일을 배우는 내내 즐거웠다. 그래서일까. 내가 사람들과 적극적으로 어울리고 긍정적이며 책임감 있는 어른으로 바뀔 줄은 전혀 몰랐다. 그것도 두 달 만에 말이다.

귀국해 학교로 돌아가는 대신 기업에서 인턴을 시작했다. 비록 경제적 수입은 적었지만 디자인 업무를 좋아하고 적성에 맞는다는 걸 비로소 알게 됐다. 이게 디자이너 길을 걷게 된 이유다. 이렇게 해서 1년 6개월이나 걸린

'자기 찾기'는 드디어 마침표를 찍었다.

그녀와의 인터뷰가 끝나고 나는 집으로 돌아가면서 대학 시절이 떠올랐다. 솔직히 말하면, 당돌한 그녀와 비교돼 부끄러웠다.

꿈이 무엇인지 고민했던 점은 그맘때 누구나 같지 않을까. 갈 길을 찾지 못하면 불안한 마음이 들기 마련. 남들은 제 길을 찾아 쭉쭉 내달리고 있는데 유독 나만 제자리에 서 있는 건가 고민이 되는 법. 그래서 불안한 마음을 달래기 위해서라도 그냥 휩쓸려 '스펙 쌓기'에 일찌감치 뛰어들지 않던가.

그녀는 끝까지 '자기 찾기'에 매달린 점이 달랐다. 이게 그녀에게 생긴 놀라운 변화의 이유가 아닐까.

맞을 듯싶다. 겪어 보고 지나보면 안다.

자신을 성장시키는 건 여러 명이 떼 지어 몰려다니는 단체여행 같은 인생길이 아니다.

방향 못 찾아 갈팡질팡하는, 때론 넋이 나갈 정도로 아슬아슬한 나 홀로 여행과 같은 외로운 길에서다.

왜냐면… 진부하게 느껴지겠지만 자기 자신을 바꿀 수 있는 기회란 '순응'이 아닌 '모험'에서 생겨나니까.

바보의 행복 찾기

일 년 전, 한동안 행복을 주제로 삼은 책들에 빠져 지낸 적이 있다. 그때 난 이런 혼잣말을 계속 중얼거렸던 것 같다.

"어쩜 하나같이 다 내 얘기 같냐!"

행복을 원하는 사람들의 말을 파헤쳐보면 여러 가지 전제가 깔려있다고 하는데 어쩜 이렇게 나와 똑같은지 신기할 정도였다. 그 중 하나가 '성공 조건부 행복'이란 틀에 갇혀 있다는 거였다.

예를 들어 이런 맥락의 표현들이다.

급여가 센 직장을 구하면 좋겠다.
살 집이 마련되면 행복해지지 않을까.
근사한 음식점만 차리면 불행 끝 행복 시작이야.
내 책이 만 권만 팔렸으면 행복할 텐데 등등.

결국엔 바보처럼 굴지 말라는 소리였다. 행복을 성공과 결부시키면 언제 찾아올지 모르니, 아니 아예 오지 않을 수 있으니 행복의 조건으로 달지 말라는 조언이 담겨 있었다.

하지만 이런 교훈을 읽고 나자 뭔가를 얻은 느낌이 들기보다는 현실적이지 않은 충고 아니냐고 비아냥대고 싶었다. 낡고 케케묵은 훈계쯤으로 평가절하를 해댔다. 그러곤 막 책을 덮으려는 순간, 어떤 문구 하나가 비집고 들어와 머릿속이 복잡해졌다.

'낡아빠진 교훈이라며 싫어하겠지만 간과하지는 마세요. 당신을 위해서 꼭.'

행복 비스무리한 것

기자 시절 어느 중소기업의 대표이사인 H여사를 알게 됐다. 많은 선행을 펼치면서도 자신에게 쏟아지는 관심이 부담스러운 듯 많은 기자들의 인터뷰를 한사코 거절해온 분이었다.

“좋은 일은 알려야 따라하는 사람들이 늡니다.”라고 몇 번을 설득한 끝에야 간신히 얼굴 없는 천사의 모습을 알릴 수 있었다.

사실 그녀는 돈을 버는 족족 생활비만 가족에 쥐어 주

고 나머지 모두는 그때그때 써버리는 '탕진잼' 족으로 지역에서 유명했다.

그녀가 아낌없이 탕진하는 곳은 바로 '기부'다.

그런데 최근 H여사님이 나이에 걸맞지 않게 엄살을 피운다.

몇 년 전 암 말기 판정과 동시에 시한부 인생을 선고받고 남은 돈을 사회에 환원하는 '주변 정리'를 오래 전에 시작했는데, 이제는 물러야할 판이란다. 무슨 뜻인가 하면, 최근 암 완치 판정을 받아 오히려 큰일 났다는 말이었다.

기부는 계속 해야 하니 일흔이 넘은 나이에 일복이 터져 감당이 안 된다는 뜻이었다. 저녁에 잠자리에 누우면 기부 받은 사람의 얼굴이 떠올라 기분이 좋긴 한데, 더 많은 후원을 하려면 더 많이 일해야 하고, 그러려면 더 많이 살아야 되니 큰일이라는 우스갯소리.

그 소리가 왜 그리 청아하게 들리는지 모르겠다.

그녀는 기부를 할 때마다 행복 비스무리한 기분이 들어 좋다고 말하는 버릇이 있다.

궁금했다. 왜 '행복' 대신 '행복 비스무리'란 표현을 쓰는지.

하지만 묻지 않았다.

H여사님은 어릴 적에 제대로 학교를 다니지 못한 소녀 가장으로 알려져 있는데,

그 소문이 맞든 안 맞든, 그녀의 표현이 맞춤법에 맞든 안 맞든,

그녀만의 정겨운 표현법이라는 것을 알기 때문이다.

그래서일까.

그녀의 입에서 '행복 비스무리'란 단어만 튀어나와도 사람들은 미소를 지어 내어보인다.

"정말 이래도 되나요, 세상이 이렇게 막가도 되나요?"

무슨 영문인지 씩씩거리며 식당에 들어오는 후배 기자의 말투가 심상치 않았다. 할 말이 많았던지 소주 한 잔을 들이키곤 바로 어떤 얘기를 꺼냈다. 다 들어 보니, 명문대를 졸업해 탄탄대로를 걷던 어느 대기업의 임원이 벌인 사건의 전말이었다. 그가 실직 후 대출을 받아 주식에 손댄 게 화근이었다. 투자가 실패하자 아내와 두 딸을 숨지게 하고 자신은 자살에 실패한 끔찍한 사건.

후배 기자가 흥분을 감추지 못한 데는 그 임원의 재산이 한몫했다. 주식 손실로 대출금 5억을 날린 건 그렇다 치고, 10억 대의 아파트와 4억의 예금이 남아있으니 이해가 안 된다는 것이다. 죽을 이유가 없다는 게 틀린 소리는 아닌 듯했다.

아무튼 그 얘기가 끝나자 술자리에 낀 기자들이 하나같이 씁쓸한 표정을 지었다. 그날따라 낡고 허름한 술집에서는 퀴퀴한 냄새가 진동을 했다. 술맛도 썼다.

그래서일까. '도대체 행복은 뭘까'란 주제로 화제가 넘어갔다.

이때, 어느 베스트셀러 작가 이름이 나왔다. 다음 잡담의 주인공이 된 G작가가 원래 명문 의대를 나온 정신분석 전문의라는 말은 의외였다. 출판계 안팎에서 두루 필력을 인정받은 그녀가 의사라니.

게다가 창창한 나이에 파킨슨병 진단을 받고 진료와 집필에 계속 몰두했다는 사실은 더 놀라웠다. 상태가 악화될 때도 에세이 집필만은 포기하지 않았다니 존경스럽기까지 했다.

다음날, 난 퇴근길에 일부러 서점에 들렀다. G작가의 책을 사서 읽어볼 참이었다. 신간에는 오랫동안 병을 앓으며 깨달은 지혜들이 고스란히 담겨 있었다.

너무 억울하고 세상이 원망스러워 침대에만 누워 있다가, 나아지지 않는 증상과 몸을 움직일 수 없는 고통에 때론 절망하다가 깨닫게 된 그녀의 인생 비법.

그녀는 인생을 숙제처럼 사느라 정작 누려야 할 삶의 즐거움들을 놓쳐 버린 과거를 후회했다. 그래서인지 자신과 같은 처지의 독자들에게 전하는 말이 빼곡히 적혀있었다. 그녀가 삶의 즐거움과 행복의 의미를 자근자근 에둘러 표현한 글들은 은근한 향기를 뿜어내고 있었다. 비가 촉촉이 내리는 날 유채꽃밭을 거닐면 코끝을 스쳐가는 달달한 향기를.

꽃에게만 향기가 있는 건 아닌 것 같다. 사람들은 여러 가지 향수를 뿌려 자신을 치장하려 하지만 결국 오랫동안 각인되는 건, 어쩌면 그 사람만의 향기일지 모른다.

순간 어떤 생각이 떠오르며 얼굴이 빨개진다.

나를 각인시키는 향기도 분명 있을 텐데, 그것이 기분 좋은 향기일지 아니면 퀴퀴한 냄새일지 정말 몰라서.

청년 기업가의 뜻

고정관념에 갇히지 않는 몽상가는 늘 있기 마련이다. 그 사례로 청년사업가 S대표이사 인터뷰가 떠오른다. 그는 몇 년 전 국내에 몇 안 되는 사진판매 인터넷사이트를 차려 화제를 끌었다.

관심을 끈 건 두 가지 이유 때문이었다. 회사를 세운 목적이 좀 남달랐다. 자신이 찍은 사진이 아닌, 서랍과 컴퓨터 속에 방치된 다른 사람들의 사진을 다 끌어 모아 팔아보겠다는 게 회사를 설립한 이유였다.

또 하나는 판매 가격이 지나치게 낮다는 것이었다. 과연 회사를 유지할 수 있을지 궁금해 하는 사람들이 많았다. 대학교를 갓 졸업한 그를 인터뷰하면서 은근슬쩍 핀잔을 준 적이 기억난다.

"아이디어는 좋다 치고. 사진 한 장 당 판매 금액은 얼마에요?"

"단돈 500원입니다."

"뭐라고요? 사진작가 저작권료와 직원 인건비, 사무실 비용이 들어갈 텐데 돈을 벌기 위한 승부수 치곤 너무 적지 않나요?"

"아니에요. 기자님이 보시기엔 너무 적어 보이나 봐요. 그러나 충분하다는 계산이 이미 섰거든요."

"네? 정말요?"

"말장난 같이 들리시겠지만 제 판단은 그래요. 이 세상에는 두 가지 부류의 사람이 있다고 봅니다. 하찮은 동전에 불과한 500원을 대수롭게 보는 사람과 그렇지 않게 여기는 사람으로요. 500원으로 무시 못할 정도의 쏠쏠한 수입이 나올 수 있으니 걱정하지 않으셔도 된답니다."

누가 말했던가. 미국의 저명한 심리학 교수가 어느 강의에서 묻고 답했다. 당신의 성적과 직업, 연봉, 재산, 인간관계를 결정하는 게 뭐 같냐고 질문했다. 별의별 의견들이 나왔다. 하지만 그의 마음에 드는 답이 없었다. 결국 교수는 답했다.

대부분, 당신의 '뜻'에 의해 결정됩니다.

저작권 이야기를 꺼내볼 참이다.

기획 취재를 시작하고 저작권료를 받아 지내는 사람들이 의외로 많아 놀랐고, 금액이 대단해서 또 한 번 놀란 적이 있다. 그리 유명하지 않은 힙합 가수의 통장으로 한 달에 수백만 원이 들어온다니 입이 떡 벌어질 수밖에 없었다. 배보다 배꼽이 더 큰 사례도 봤다. 예를 들면, 본업인 의사 월급보다 부업인 작가로서의 인세 수입이 더 큰 경우다.

흥미로운 점은, 대략 10% 남짓의 저작권료로 엄청난 수입이 생긴다는 것. 만약 500원 가량의 음원을 다운로드하면 50원의 저작권료가 나온다는 뜻인데, 이게 다 모이면 뜻밖의 수입이 된다니 마냥 신기했다. 아, 그래서 저작권료만으로도 먹고 살 수 있는 세상이라는 소리가 나오는 거구나.

언젠가 예술인협회 관계자들과 만난 자리에서 난 저작권료 얘기를 꺼냈다. 그 자리에서 몇몇 예능인들의 지나치게 높은 수입을 비아냥댔던 것 같다.

“월급쟁이 수입은 저리 가라 할 정도니 저작권료 체계가 잘못된 것 아닌가요? 만약 모차르트가 지금 시대에 태어나 한 곡당 100원씩만이라도 음원 수입을 챙겼다면 아마 고국 오스트리아를 사고도 남았을 지도 몰라요.”

그때 끼어드는 이가 나타났다. 협회에서 제일 어린 직원이었다.

“에이, 큰 인기를 끌지 못하면 불가능한 얘기잖아요. 세상의 관심을 끈다는 게 얼마나 힘든 건데….”

얼추 맞긴 맞다. 그래도 내 생각은 변하지 않고 비슷한 말을 반복했다.

“노래 한두 곡만 히트를 쳐도 몇 년을 먹고 살만한 수입이 생기니, 세상이 참 묘하네요. 뭔가 좀 잘못 돌아가는 것 같아요."

그러자 젊은 직원은 어쩔 수 없다는 표정을 지으며 마음 깊은 곳에 있는 말을 꺼내 보였다.

"제 생각은 좀 다른데요. 전 외국에서 성악을 전공하고 귀국해 자리를 못 잡아 무대 서기를 포기한 경우에요. 물론 변변치 않은 수입 때문에 길을 접은 거니 돈 잘 버는 음악가들이 부럽긴 하죠. 난 못해냈지만, 그래도 예술은 돈이 안 된다는 편견을 넘어선 스타 예술인들의 열정을 알기에 박수를 쳐주고 싶네요."

그때야 말실수를 저지른 느낌이 퍼뜩 들었다. 뜨끔했다. 수입이라고 볼 수 없는 쥐꼬리 같은 공연료 내지 저작권료를 받아놓고 한숨을 짓는 예술인들이 얼마나 많은 지를 왜 미리 짚어보지 못했을까, 후회됐다.

자기 논리에 사로 잡혀 보고 싶은 것만 보고, 믿고 싶은 것만 믿고, 말하고 싶은 것만 말하는 걸 틀에 갇힌 생각이라고 하는 건가.

아, 언제쯤에나 틀에 갇힌 생각에서 벗어나 세상의 속과 겉을 동시에 볼 수 있게 되려나.

고민 처방전

문화부 기자들은 볼만한 영화를 추천해달라는 부탁이 넘쳐나 골치가 아프다. 또 괜찮은 영화 제목을 외워 준비하고 있지 못하다가는 낭패를 당하기 쉽다.

이유야 있다. 요새는 사람마다 취향이 제각각이다. 재미를 원하면 천만 관객을 넘은 흥행작을 소개해야 맞아떨어지고, 수준을 강조할 경우 예술영화쯤 되는 명작을 꼽아야 얼추 상대방이 고개를 끄덕인다. 지고지순한 사랑이나 끈끈한 가족애가 담겨야 볼만한 작품으로 치는 사람도 꽤 많다.

하지만 내가 몰입하는 영화는 전혀 다르다. 수준이 낮은 편이다. 작품성 내지 미학과 관련이 없어서다. 낙심하고 실의에 빠졌을 때 위안과 용기를 주는 작품이 나를 영화관으로 이끄는 연결 고리이기 때문이다.

첫 번째 고민이 찾아왔을 무렵 영화에 빠져들었다. 원하는 대학에 떨어지자 처음으로 혼자서 영화관을 찾았다. 막 부수고 패는 액션 영화를 보면서 더는 움츠리지 않고 다시 도전해볼 힘이 스르르 생겨났다. 절망감에 빠져 허우적대던 나를 끄집어내준 건 영화였다. 그래서일까. 좌절이 찾아올 때마다 난 어김없이 극장표를 끊었다.

생각나는 작품이 몇 개 된다. '리플레이스먼트(The Replacements)'가 그 중 하나다. 찬찬히 뜯어보면, 스타 배우 키아누 리브스가 출연한 거 말고는 볼 게 별로 없는 영화로 평가된다. 당연 국내에서 별다른 흥행을 거두지 못했다.

줄거리는 왁자지껄한 할리우드 코미디답게 정말 단순하다. 미국 풋볼 리그의 프로 선수들이 파업을 시작하자, 영화제목처럼 오합지졸인 무명 선수들로 대체 팀을 꾸려

우승을 이룬다는 내용이다.

뻔한 이야기에 명대사가 더러 나온다. 코치 '지미 맥긴티(진 핵크만 분)'와 대체 팀의 리더인 쿼터백 '쉐인 팔코(키아누 리브스)' 간의 대화에서 말이다.

전직 쿼터백 팔코는 한창 잘나가던 시절, 결승전에서 사상 최대의 점수 차로 지는 바람에 미국에서 모르는 사람이 없게 된 불운아다. 자신의 형편없는 처지를 이렇게 비유한다. 아마도 좌절의 의미를 이보다 더 정확하게 묘사한 영화대사는 없으리라.

"전부 잘 되는 것 같다가도 갑자기 뭔가 한 가지가 꼬여버리면 또 다른 게 꼬이고, 이겨내려 할수록 더 깊이 꼬여버리게 되더군요. 결국 내 능력 밖의 일이 되어버리죠."

좌절은 영화보다 현실에서 더 많이 나타나는 법이다. 해마다 대학 졸업 시즌이 다가오면 연락이 뜸했던 친구들의 전화가 줄을 잇는다. 직장을 구하지 못한 자식 걱정에 여기저기 전화를 돌려 빈자리를 알아보는 듯하다. 인생이 끝장난 것처럼 힘겨워하는 자식의 소식도 함께 들려준다.

그런데 어쩌랴. 내가 해줄 수 있는 건 전화기에 대고 힘을 북돋아주는 말을 해주는 수밖에 없다. 그땐 영화 리플레이스먼트에 나온 명대사를 토씨 하나도 틀리지 않고 읊어대려고 노력한다. 절망의 구렁텅이에 빠졌다고 느낄 때마다 곱씹는 버릇이 있을 정도로 내가 좋아하는 구절이니까.

그건 바로, 실패로 점철된 날들이 이어지자 지칠 대로 지쳐 아예 무기력해진 전직 쿼터백 팔코를 찾아온 코치 맥킨티가 들려준 조언이다.

"승자와 패자를 가르는 건 승부가 아니라, 좌절을 견뎌 이겨내는 능력이라네. 더 나은 방법이 있는지 잘 생각해 보라고."

슬픈 선택

취업하기가 정말 힘든 시대다. 취업문이 너무 좁아진 탓일까? 자식의 입사 부탁을 회사에 청하곤 자신의 조기 퇴직서를 내민 지인들이 최근 눈에 많이 띈다. 언제부터인가 직업까지 대물림하는 듯하다.

참으로 슬픈 세상이다.

취업이든 진로 문제이든 풀리지 않는 고민에 빠졌을 때 써먹을 수 있는 글귀를 몇 알고 있다. 누군가로부터

들은 말이다.

"기회란, 희망이란, 알 수 없는 곳에서 예기치 않은 방향에서 언젠가 찾아오는 법. 그러니 기다리고 기다려라."

또 다른 조언은 다른 방향을 가리킨다.

"사자 탈을 걸칠 수 없다면 여우 탈이라도 써라. 이 길이 아니면 저 길로, 큰길이 안 보이면 샛길로 빠져라. 그래도 안 되면 아예 고민을 무시해도 좋다. 어쩌면 그건 도저히 해결할 수 없는 문제일지 모르니까."

둘 다 밑줄을 긋지 않을 수 없는 좋은 말이다. 그런데 어떤 충고를 귀담아 들을지는 고민의 여지가 있다. 남아 있는 대안들이 많지 않으니까. 기다리거나, 포기하거나, 새로운 길을 찾는 도전에 나서거나.

선택받지 못하면 슬픈 거지만, 선택받지 못한 자가 고를 수 있는 선택이 별로 없다면 그로 인해 더 슬퍼지는 법이다.

'킹스 스피치(The King's Speech)', '러브 인 맨해튼(Maid In Manhattan)'. 이 두 영화의 공통점은?

로맨틱 코미디 영화.
스타급 배우들이 출연한 작품.

모두 정답이다.
하나의 공통점이 더 있다. 그건 '말더듬' 또는 '연설공포증'과 관련이 있다는 점이다. 주인공들이 말 못할 고민을 해결하기 위해 펼치는 노력들이 상상 이상으로 그려진다.

영화 '킹스 스피치'는 실화를 영화화 한 것으로도 유명하다. 스캔들을 일으킨 형 때문에 우여곡절 끝에 1936년 영국 왕위에 오른 조지 6세가 주인공으로 나온다. 언어치료사의 도움을 받아 말더듬을 고치는 과정이 사실적으로, 때로는 우스꽝스럽게 그려진다.

영화 '러브 인 맨해튼'의 주인공은 유력한 상원의원 후보이자 뉴욕 최고의 미남. 하지만 남모를 고민이 하나 있다. 연설할 때마다 너무 긴장하는 버릇이 그의 앞길을 가로막는다.

갑자기 말더듬증과 연설공포증 얘기를 꺼낸 이유는? 바로 말 못할 고민을 안고 사는 이들의 얘기를 꺼내기 위해서다. 원인을 찾기 힘든 데 치유마저 쉽지 않으면 이것만큼 난감한 경우가 없다. 이런 고민은 풀지 못하면 공포심을 느끼는 경우로 이어지는 게 다반사다.

스피치 학원을 잠깐 다닌 적이 있다. 어눌한 발음을 고쳐보고 싶어서다. 그런데 거기서 난 고민 축에도 못 꼈다. 다른 수강생들은 보통 심각한 게 아니었다. 아이러니하게도 평소에 말을 많이 해야 하는 직업을 갖고 있어 더 큰 문제였다.

가장 심각한 증세를 보인 건 어느 고등학교 교사. 교무부장으로 임명된 직후 생긴 끔찍한 트라우마(Trauma)가 문제였다. 첫 회의를 주재하는 도중 갑자기 말문이 막혔다. 당황스러워 아무런 말도 못한 채 연단을 내려오고야 말았다. 그때 "저런 말더듬이가 어떻게 선생이냐."라고 비아냥거린 누군가의 비웃음이 들렸다. 그날 이후 연설공포증이 생겨버렸다. 사람들 앞에만 서면 식은땀이 흐르고 입이 열리지 않았다.

임용고시에 합격해 학교배치를 앞둔 어느 예비교사도 딱해 보였다. 발표를 시작하면 손과 다리를 벌벌 떨었다. 목소리가 갈라져 무슨 말인지 알아듣기 힘들었다.

직원들 앞에 나서기가 두려워 자리를 내놓고 싶다던 중소기업 사장. 말실수로 국제회의를 한 번 망쳐놓은 뒤로 이직을 고민 중인 베테랑 통역사도 사정은 마찬가지였다.

그들의 고민은 증세가 호전됐다 싶으면 또 재발한다는 것으로, 거의 병에 가까워 보였다. 오죽하면 묘한 동정심을 느꼈던 나도 회의적으로 봤을 정도니까. 수강생들의 고민은 영화처럼 술술 잘 풀리지 않았다.

그런데 3개월쯤 지났을까. 반전이 나타나기 시작했다. 전혀 기대 못했던 반전을 영화가 아닌 현실에서 본 건 아마 그때가 처음이었으리라.

그로부터 3개월이 더 지나서야, 그러니까 반년이 지날 무렵 그들의 고민은 마법이 풀리듯 다 녹아버렸다. 마음속 족쇄가 풀어지자 정말 신기하게도 고민의 형체가 다 사라졌다. 그렇게 끝이 보였다.

돌이켜보면, 고민 해결을 도운 스피치 강사에게 특별한 재주가 있던 것 같지는 않다. 미국에서 박사 학위를 땄다는 강사는 첫날부터 복잡한 설명을 이어갔다. 세월이 흘러 지금은 기억나지도 않는다.

하나의 조언만 떠오를 뿐이다. 아마 강사의 이 한마디를 믿고 수강생들이 반년이란 시간을 무던히 참아내지 않았을까 싶다.

"언젠가는 끝이 보이게 됩니다. 제 말을 믿으셔야 돼요. 고민이 묘하게도 해결되는 그런 날이 반드시 옵니다. 정말이에요. 언젠가는 꼭 온답니다."

맞는 얘기다. 왜냐하면,

희망이 있다고 믿지 않으면 고민을 풀려고도, 또 버텨내려고도 하지 않을 테니까.

후회의 효과

죽도록 일만 하지 않고 가고 싶었던 여행을 떠났더라면,
도움을 준 이에게 감사의 표시를 잊지 않았더라면,
주위 사람들에게 더 겸손하고 친절을 베풀었더라면,
사랑하는 사람에게 사랑한다는 말을 더 많이 했더라면.
이렇듯 후회는 끝이 없다.

하지만 후회하고, 후회하고, 또 후회하면,
후회한 효과는 후회 뒤에 곧 나타난다.

왜냐면 후회 속에는 마법의 연금술이 존재하기 때문이다.

제대로 된 후회라면,
어이없는 실수와 뼈아픈 잘못을 녹여내 반성과 뉘우침을 만들어 내기 위해,
부지런히 불을 지펴 용광로를 달구니까.

꽤 괜찮은 사람

영화 '인천상륙작전'은 2016년에 개봉돼 칠백만 관객을 동원한 화제작이었다. 전쟁 액션 블록버스터라 메시지는 단순했다. 이게 장점이자 단점이랄까? 그래서인지 개봉 전까지만 해도 사실 평이 갈렸다. '숨겨진 실화를 바탕으로 한 감동 드라마'라는 호평과 '진부한 반공 영화'라는 혹평을 동시에 받았다.

막상 뚜껑을 열어보니 그게 아니었다. 첫 회부터 뜨거운 반응이 시작돼 연일 이어졌다. 흥행 부진을 예상한 몇 몇 기자들을 마치 농락이라도 하듯이 말이다. 제작자 역시 예상을 뛰어넘는 인기몰이에 놀랄 정도였다.

홍행의 이유가 뭐지? 왜지?

인천상륙작전과 그 중심에 섰던 맥아더 장군의 활약을 모르는 이는 거의 없을 텐데. 북한군을 한반도에서 몰아내는 장면들이 통쾌해서? 아니면 이면에 숨겨진 첩보작전 실화를 재조명해서?

초보 기자 티를 벗어나지 못해서일까. 난 영화관을 찾는 관객 수가 폭발적으로 늘어나는 이유를 설명할 수 없었다. 홍행의 의미를 모를 땐 대중들의 관심을 따라가기만 해도 기자로서 그나마 중간은 가는 법. 영화에 얽힌 뒷이야기들을 누구보다 열심히 써댔다. 그걸 좋게 보아줘서일까. 영화 인천상륙작전의 모티브가 된 엑스레이(X-RAY) 첩보작전의 실제 주역을 단독 인터뷰하는 기회가 찾아왔다.

인터뷰 주인공은 바로 함명수 전 해군참모총장. 한국전쟁 당시 해군첩보부대 소령으로 적진이었던 인천 월미도·영홍도에 부하 17명과 침투, 북한군의 정보를 빼내 인천상륙작전을 성공시킨 용장(勇將)이었다.

그해 88세. 나이가 지긋한 할아버지가 약속 시간보다

먼저 도착해 날 기다리고 있었다. 첫 인상에선 딱딱함이 아닌 부드러움이 풍겨났다.

그는 같은 얘기를 여러 번 반복해 갈 길이 바쁜 기자의 애간장을 태웠다. 무궁무진한 무용담을 잔뜩 기대하고 왔건만, 부하 얘기만을 꺼내니 답답했다. 작정한 듯 인터뷰 내내 희생자 얘기에 많은 시간을 할애했다. 그가 쏟아낸 말을 그대로 옮겨볼 차례다.

"엑스레이 작전 중 영흥도에서 전사한 임병래 소위와 홍시욱 하사가 제일 기억나지. 1950년 9월 15일 인천상륙작전을 이틀 앞두고 영흥도에 잔류하고 있던 6명의 부하들과 북한군 대대병력 간에 교전이 벌어진 거요. 임 소위와 홍 하사는 나머지 4명 대원들의 탈출을 돕다 장렬히 전사했소. 더 정확히 말하면, 인천상륙작전 하루 전 날 적에게 포위되자 기밀을 지키기 위해 자결한 거라네. 대한민국 만세를 외치고 말이야. 작전에 팀장으로 발탁되지 않았으면 당장 전역했을 거라고 농담하던 임 소위의 모습이 아직도 생생해."

그는 숨진 부하에 이어 전사한 UN군 얘기도 꺼냈다. 희생자의 정확한 이름과 전사일자를 거론하며 사진까지 가슴 속에서 꺼내 보였다. 거기서 끝나지 않았다. 비밀 작전을 도운 인천 영흥도 주민들에 대한 고마움을 잊지 않았다.

그는 늙은 노병을 찾아줘 고맙지만 작전을 수행하다 죽은 전우들이 진짜 영웅이라고 말했다. 인천상륙작전의 성공을 위해 희생된 군인들의 이름을 먼저 기억해달라고 연신 부탁했다.

준비한 질문을 다 물어보지 못하고 그렇게 인터뷰가 끝나버렸다. 그래도 함명수 총장의 속뜻을 그제야 이해하게 된 난 머리를 끄덕였다. 인터뷰 기사는 그의 부탁대로 먼저 숨진 부하와 동료 얘기로 채워졌다.

그날 저녁, 난 홀로 영화관을 찾았다. 함명수 총장과 부하들의 활약을 귀가 아닌 스크린을 통해 보고 싶어서였다.

그때 우연찮게 매표소 앞 홀로 서 있는 여학생이 눈에 들어왔다. 표정이 그다지 밝지 않아서다. 누군가에 의해 끌려 온 듯했다. 그 여학생은 표를 끊고 온 엄마에게 눈을 찡그리며 앙탈을 부렸다.

"아잉. 난 전쟁 영화 싫어하는데. 다른 거 보면 안 돼?"

그러자 엄마는 딸의 귀에 대고 속삭였다. 바로 옆 사람이 간신히 들을 수 있는 작은 목소리로.

"너나 나나 인천상륙작전에 대해 잘 모르잖아. 우리나

라를 구한 군인 아저씨들 얘기가 영화에 나오니 이런 좋은 기회가 어디 있어. 그러니 딴말 마. 꼭 봐야하는 영화야!"

순간 뭉클했다.

수수께끼가 다 풀린 느낌이 들었다.

아, 이거였구나.

이 영화가 날카로운 비평가들의 혹평과 달리 왜 흥행을 이어가고 있는지를 비로소 알게 됐다.

역사를 잊지 않으려는 노력만큼은 게을리 하지 않고 부단히도 애를 쓰는,

꽤 괜찮은 사람들은 대한민국에 정말로 많다.

누군가가 나타나주길

함명수 전 해군참모총장과 그의 부하들이 활약한 엑스레이 작전을 그린 영화 '인천상륙작전'이 2016년 한여름을 뜨겁게 달구고 몇 달이 지난 뒤였다.

함 총장이 11월 어느 날 안타깝게도 생을 마감했다. 이를 아는 사람들이 많지 않을 것 같다.

해군의 추모사에 따르면,

제7대 해군참모총장을 지낸 함 총장은 2008년 건군

60주년을 맞아 군인 정신의 표상으로 선정한 명장 18명에 포함될 정도로 전장에서 물러섬이 없었던 군인이었다. 또 임기를 마칠 때까지 셋방살이를 할 정도로 청렴한 장군이었다고 한다.

추모사로 하나 더 붙이고 싶은 게 있다. 그는 인터뷰에서 자신과 부하들을 이렇게 표현하며 감회를 밝혔다.

"누구도 원하지 않은 전쟁에서 목숨을 걸어야 했던 군인이자, 불행한 시대를 살아간 어른이었다네."라고.

때마다 노구를 이끌고 해군첩보부대충혼탑 앞에서 거수경례를 붙이는 함 총장을 더 이상 볼 수 없게 됐다.

그래서 간절히 바란다. 먼저 숨져간 부하들의 이름을 하나하나 불러 기억해준 함 총장의 역할을 대신해 줄 그 누군가가 나타나주길.

세계적인 건축가의 보금자리

누구나 자신만의 특기가 있기 마련이다. 관심이 달라 분야가 다를 뿐이다. 그렇다면 내겐 집짓기가 그쯤 될 듯하다.

최근 들어 자기 집을 짓는 사람들이 눈에 띄게 느는 추세다. 하지만 십년 전 만해도 사정이 달랐다. 당시는 전원주택의 개념이 간신히 국내에 등장할 때였다. 내가 단독주택의 매력에 빠져 단독주택 예찬론을 편 건 더 이전이었다. 그러니 돌아오는 대답은 관심없다는 투의 무응답 뿐이었다.

안타깝게도 거기엔 몇 가지 오해가 있었다.

우선 흔하디흔한 아파트 구입도 경제적으로 벅찬데 단독주택을 짓는 게 가당하냐는 의심들이 많았다. 많은 돈이 들어간다는 잘못된 편견이 문제였다.

그런데 실제로는 그게 아니었다. 달리 표현하면, 추측하는 만큼은 아니었다. 조금만 노력하면 새 아파트를 살 돈으로 충분히 집을 지을 수 있다는 것을 금방 알게 된다. 허름한 기존 주택을 사 리모델링을 거쳐 말끔히 고치는 방법은 더 적은 예산으로도 가능하다.

아무튼 돈이 많아야 집을 짓는다는 짐작은 가장 잘못된 오해다. 주택을 짓는 데 엄청난 돈이 필요할 거라고 지레짐작해 시도조차 하지 않는 이들이 많다.

국내에서 보기 드문 외벽 마감재를 써 집을 지었더니 주말이면 집을 보러오는 손님들이 줄을 섰던 적이 있었다. 다들 처음 보는 외관에 혹해 물어보는 질문들이 하나같이 같았다.

"와, 정말 비싸고 고급스런 집이네요? 돈이 엄청 많이 들어갔겠네요!"

그런데 집을 구경하기 위해 몰려든 사람들의 추측은 틀렸다. 실제는 달랐다. 아마 실제 건축비를 듣게 되면 깜짝 놀라지 않을까 싶다.

또 집짓는 과정이 무지 힘들다는 편견에서도 벗어나야 한다. '집 짓고 나면 10년 늙는다.'는 말은 옛날 얘기에 가깝다. 실력 있는 설계사나 믿을만한 시공사를 찾기가 이젠 그리 어려운 일이 아니기 때문이다.

장황하게 집짓기에 대해 설명한 이유가 따로 있다. 단독주택 형태로 자기 집을 갖는 매력에 대해 잠깐 설명하기 위해서다.

텔레비전과 스마트폰, 게임에서 눈을 떼지 못하던 아이들이 엄마 아빠와 도란도란 이야기하기 시작한다. 정원에 과실수를 심어보고 강아지와 함께 지내보면 자연스럽게 가족 간에 대화가 늘어난다. 부부가 서로 집안일을 척척 알아서 분담하려 노력한다. 이런 식으로 부부간 애정이 좋아지고 아이들과의 관계도 가까워진다.

옥상이나 뜰에서 펼쳐지는 바비큐 파티의 매력도 그만이다. 집 안이 더 화기애애해진다. 이렇듯 생활 방식이 점점 바뀌며 삶을 더 풍요롭게 만든다. 행복할 수밖에 없는, 또 행복해져야 하는 이유가 저절로 생겨난다고 할까.

물론 이런 친구들이 꼭 나온다. 집 구경 후 "나도 이런 곳에서 살고 싶다."고 외치면서도, 가격이 오르는 맛에 아파트를 포기 못하겠다는 반응 말이다.

하지만 이는 착각 중의 착각에 가깝다.

전문가들은 말한다. 잘 지은 단독주택이라면 아파트보다 가치가 더 올라간다는 비밀을 아는 이가 드물다고.

아무튼 직접 살아보면 알게 된다. 우리 가족만의 보금자리인 단독주택이 주는 매력을.

집을 설계하고 짓는 내내, 프랑스 건축가 르 꼬르뷔지에를 떠올렸다. 집의 의미를 알려준 유명한 일화가 마음에 들어서다. 그를 잠깐 소개하면, 롱샹 순례자 교회당과 가르셰의 주택 등을 지어 명성을 얻기 시작했다. 이후 세계적인 거장으로 발돋움해 현대 건축의 아버지로 불린다.

그런데 수많은 건축물을 지어낸 그가 죽기 전까지 아내와 함께 살았던 곳은 정작 대단한 집이 아니었다. 대단한 주택일 거라는 사람들의 기대와는 달리, 바다가 보이는 4평 안팎의 통나무집에 불과했다.

아, 이 일화를 써놓고 그 의미를 지금 다시 곰곰이 생각해보니 르 꼬르뷔지에는 내게 이런 말을 들려줄 것 같다.

누구에게는 사고파는 물건에 불과하고, 누구에게는 부를 과시하는 수단으로 취급받는 집,

그런 집을 마련하기 위해 아등바등하는 모습이 참 가엾기도 하여라.

아파트든 단독주택이든 그게 뭐가 중요해.

집이면 다 거기서 거기인 거지.

건축가가 꿈꾸는 집

오래 전 미국으로 넘어가 그곳에서 둥지를 튼 어느 건축가로부터 들은 말이다.

그곳에선 아파트는 흔하지 않고, 아무리 특색 있게 꾸며봤자 그냥 아파트에 불과하다고 했다.

왜 그런 걸까?

궁금해서 물어봤다.

일단 땅덩어리가 큰 나라에서 굳이 공동주택인 아파트

를 많이 지을 필요가 없다는 게 첫 번째 이유다. 들어보니 이해가 된다.

이어지는 두 번째 이유는, 평범한 일상이 허용되지 않아서라고 했다. 무슨 뜻이지? 감이 쉽게 잡히지 않았다. 아파트 생활에 익숙해져 버린 탓이 컸다. 좀 더 설명을 듣고 나서야, 고개가 끄덕여졌다.

아파트란 공간에서는, 아이들이 마음껏 뛰어노는 것조차 제대로 안 되니 꺼낸 말이었다.

아파트에 살다 보면 빽빽이 들어선 건물 탓에 마음대로 창문을 열어젖히기 어렵고, 층간 소음 때문에 밤잠을 설칠 때가 생기기도 하니까 틀린 말은 아니었다.

그 건축가의 정의에 따르면,

좋은 집이란 가격, 규모, 디자인, 재료, 색채에 반해 감탄하는 대상이 아니었다. 가장 평범한 일상이 지켜지고 보장되는 곳이다.

그게 '집'이란 단어가 생겨난 이유다.

수녀님의 신념

흔히들 말한다.

자신을 보살피며 살아가기도 힘든 세상인데 타인에게까지 관심을 보이는 것은 오지랖이라고. 게다가 관심에 그치지 않고 타인의 삶에 변화를 일으켜 보자는 생각은 허황된 주장에 가깝다고.

그 허황과 오지랖에 도전한 사람들이 있다.

매리 로즈 맥게디 수녀도 그 중 한 명으로 꼽힌다. 그녀는 미국에서 집 없는 아이들과 함께하는 삶을 평생 살아가다 2012년 하늘나라로 올라갔다.

수녀님은 생전에 믿음이 깊었던 것 같다. 그래서인지 행복의 정의를 묻는 여러 사람들의 질문에 또렷하고 명료하게 자신의 신념을 설명했다.

"어떡하죠? 누군가의 인생에 좋은 변화를 일으키는 것보다 더 큰 기쁨이나 보상을 아직 찾지 못했답니다."

맞짱 뜨기

오늘 신문에 실린 어느 검사의 인터뷰 기사가 꽤나 인상적이다. 그가 내뱉은 표현들이 보면 볼수록 독하다. 적잖이 놀란 건 솔직담백한 자기 폭로 때문이다. 고백치곤 표현들이 너무 의외라 흥미롭다. 오히려 독자들이 당황스럽지 않을까 하는 느낌이 들 정도다.

부장 검사가 "과거에 검찰청 내 꼴찌 검사였다."라고 자신을 소개하다니. 의아했다. 그런데 이건 그나마 약한 표현에 불과했다. '꼴통', '괴짜'라는 주위의 평판을 다 그대로 순순히 인정했다.

도대체가 제정신인지. 소위 힘 센 공안부의 부장 검사가 왜 그런 건지 이유가 은근히 궁금해졌다.

검사는 각종 수치스러운 수식어를 달게 된 일화들을 담담히 소개했다. 그런데 다 읽어보니 그럴 만하다는 생각이 들었다.

폭탄주가 싫어 회식에 빠지기 위해 일부러 당직을 자처했다는 둥, 후배들의 충성심을 시험하는 선배 검사의 호출 전화를 받고서도 계속 사무실에 남아 일을 했다는 둥, 일처리가 늦어 장기 미제 사건이 늘면서 꼴지 검사로 낙인이 찍혔다는 둥의 초년 검사 시절 얘기는 누가 들어도 참 가지가지였다.

그래도 여기까지는 봐줄 만했다. 그 다음부터는 더 심각했다. 검찰청에서 회자된 그의 얘기들이 소개됐다.

관할 지역이 아닌 자기 고향에서 체육행사를 연 검사장을 비꼬다가 행사장에서 쫓겨난 일, 검찰의 최고 수뇌인 검찰총장과의 산행 자리에 유일하게 빠진 검사로 기록되는 일화 등으로 인해 조직에서 눈총을 샀다는 것. 결국 상명하복(上命下服) 문화가 뿌리 깊은 검찰에서 각종 사고를 쳤다는 말인데….

그건 그렇다 치고, 무슨 생각으로 여기저기 대든 건지 의문이 들었다. 검사를 꿈꿔본 적이 없었다는 그의 고백처럼 특별한 야망이 없어서 그런 걸까.

그는 자신과 같은 꼴통 검사가 검찰 조직에 빌붙어 있을 수 있었던 이유를 한 가지로 꼽았다. 상대가 윗사람이든 누구든 할 말을 꼭 하는 그의 성격이 늦은 일처리 등의 단점을 가려줬다는 해석을 내놨다. 그제야 수긍이 됐다.

물론 안심도 됐다. 자신의 명예를 걸고 누구와도 맞짱 뜨겠다는 결기가 마음에 쏙 들었다. 우리나라에 이런 강단 있는 괴짜 검사가 있다니 다행이다, 싶었다. 이게 검사에게 필요한 제1조건이 아니라면 뭐가 있을지.

최근 검찰 대선배의 성추행을 고발한 어느 여검사의 맞장 뜨기를 기억한다. 국내에 미투 운동을 촉발시킨 보기 드문 용기였다.

그로 인해 지금 온 나라가 들끓고 있다. 아니, 더 들끓어야 할지도 모른다.

이처럼 용기 있는 맞짱 뜨기는 계속되어야 하지 않을까 싶다.

맞짱을 떠야할 대상이 누구이든 간에.

진심을 내어 보이기

어떤 소주가 첫 출시된 때로 기억된다. 마침 소주 공장의 인근에 살던 터라 잘 팔릴지 아닐지 한동안 호기심을 갖고 지켜본 적이 있다.

당시 그 술은 희석식 소주의 마지노선인 알코올 도수 20도를 무시하고 더 순하게 제조돼 술꾼들의 이목을 집중시켰다. 도수가 약해지면 술 마시는 기분도 달라지는 걸까. 술맛이 부드럽고 목 넘김이 좋다는 광고는 나름 효과가 있었다.

하지만 내 판단은 달랐다. 마셔보니 저알코올 소주일 뿐 뭐가 다른 건지. 이때를 기억하는 술꾼들은 "도수가 너무 약해서 이건 사실상 소주가 아냐!"라고 외쳐댄 기억들이 아마 떠오를지도 모르겠다.

그래도 한 가지는 분명 인정한다. '처음처럼'이란 이름의 영향은 누가 뭐래도 컸다. 차별화된 독특한 네이밍 때문인지 소주 이름에서 연상되는 느낌들은 큰 몫을 해냈다.

마치 늘 새롭게 살아가시라며 술꾼들을 응원하는 메시지처럼 들렸기 때문이다. 또 술에 얽힌 좋지 못한 기억들을 죄다 희석시키며 처음으로 돌려놓는 느낌도 들었다.

그렇게 단어 하나, 이름의 영향은 컸다.

이게 '네이밍(Naming)'이 각광받는 이유일지 모르겠다. 네이밍이란 원래 커피 거래에서 산지, 종류, 등급 등을 표시하는 것에서 출발해, 지금은 '이름 짓기'란 뜻으로 통용된다.

이름을 부여하는 건 쉬워보여도 어려운 일이다. 아이가 태어나면 부모가 용한 작명소를 찾는 것도 비슷한 이유일 게다.

전문가들은 고민스러운 네이밍에도 나름 기술이 있다고 설명한다. 일단 부르기에 쉬워야 하고, 지닌 특성들을 다 알려야 한다. 또 다른 것과의 차별성, 매력 등을 두루 감안해야 된다는 게 그들의 조언이다. 물론, 지나친 창작은 금물이다. 겉멋만 잔뜩 들어간, 무슨 뜻인지 알 수 없는 이름이 만들어지기 십상이라 엄포를 놓는다.

하지만 이름만으로는 뭐가 뭔지, 뭘 고를지 알 수 없는 경우가 사실 많다. 불현듯 떠오르는 기억이 있다.

명절 선물로 꿀을 선택하고 인터넷 쇼핑몰을 검색해본 적이 있다. 클로버 꿀, 무농축 생 꿀, 청정 자연 꿀, 프리미엄 순수 벌꿀 등 가지각색 이름이 붙어있었다. 꿀에 문외한인지라 도저히 감이 안 잡혀 선택을 놓고 오히려 고민만 더 커졌다.

그날 저녁 TV에서 벌에 얽힌 방송이 나왔다. 어느 제주도 벌꿀가족을 소개하는데 꿀에 대해 알고 싶은 마음에 유심히 지켜봤다.

그런데 보통의 벌꾼들과는 다른 멘트에 단번에 마음을 뺏겨버리고 말았다. 그 벌꾼은 다른 꿀과 비교해 성분을 자랑하거나 좋은 점만을 골라 얘기하는 게 아니었다. 리포터가 마이크를 들이대자 그 벌꾼은 쑥스러운 표정을 짓곤 이렇게 말했다.

"꿀벌들이 모아온 거니 맛은 당연히 좋죠. 그런데 괜히 안쓰럽네요. 아무리 곤충이라도 벌들에게서 꿀을 빼앗으니 마음이 아파요."

당장 그 꿀을 찾아내 사 볼 마음이 절로 생겨났다. 그가 마음속에서 꺼내 내보이는 어떤 진심을 보았기에, 군말 없이 믿어도 될 듯했다. 벌을 사랑하는 농부가 분명한 만큼 그가 만들어낸 꿀 역시 분명한 진짜 토종꿀이라는 믿음이 저절로 들 수밖에.

어쩌면, 사람 마음을 충동질해 손이 가게 하는 마법의 비결은 '진심을 담아서'가 아닐까.

우리가 긍정과 맞바꾼 것들

어느 신문사에서 정년퇴임한 Y부국장이 최근 쓴 신간을 읽고 있는 중이다. 재미나는 글귀가 실려 있다.

"회사 생활이 그저 노력만으로 되는 게 아님을 알았을 때, 어쩌면 일보다 더 중요한 것은 태도일지도 모른다는 생각이 들었다."

이와 같이 사회생활을 시작하는 청년들에게 가장 필요한 것으로 '태도'를 꼽는다. 이어 좋은 태도로 사과, 단순, 경청, 부드러움, 미소, 다섯 가지를 추천한다.

또 적절한 화법도 또 다른 능력이라며 맛깔스러운 비유를 든다.

"'그래, 그랬구나.'식으로 맞장구를 잘 쳐주는 동료나 '저런, 고생이 많으시네요.'라고 리액션을 해주는 후배에게 정이 가는 건 인지상정인 것 같다."

맞는 얘기다. 공감이 간다.

그런데 윗사람이 아닌 아랫사람 입장에서 보면 딴 생각도 든다.

이런 분위기를 좋아하는 곳에서는 '아니요(No).'라는 단어가 자주 쓰이지 않을 듯하다. "아니, 그게 아니라요. 사실은 이렇습니다. 그러니 지시가 틀렸는데요."란 투의 말을 꺼내면 '당신은 목이 몇 개야?'라는 눈빛으로 쪼아보는 상사가 많을 거라 그려진다.

어느 직장에서든 대화가 충분히 오가지 않는 경직된 분위기는 자주 목격된다. 부하가 상사 앞에서 쩔쩔매는 모습은 흔하다. 신문사도 사정은 비슷하다.

일선 기자들이 취재 결과를 검증받는, 소위 데스크(Desk)라 불리는 상사 앞에 서면 왠지 모르게 작아지곤 한다. 닦달하는 분위기는 좀 줄어들었지만, 언론사 규율은 밖에서 보는 것보다 훨씬 세다. 상사의 위압적인 말투와 태도는 여전하다.

후배는 기수가 빠른 선배에게 꿈쩍 죽는 위계질서와 '선배가 시키는 일은 뭐든지 한다.'는 식의 조직문화는 아직도 남아있다. 그래서인지 일단 "예."라고 말해놓고 보는 분위기는 자연스럽기까지 하다.

"예(Yes)."라고 답하라는 잔소리를 집이든 학교에서든 회사에서든 아주 오랫동안 들어오며 커왔다는 증거 아닐까. 우리는 "예."라는 대답엔 '긍정', '열정', '능력 보유'라는 뜻이 담겨 있다고 여겨왔다.

"아니요."라고 답하면 그 반대다. '부정', '비판', '의욕 부족' 등의 의미로 본다. 그래서인지 우리는 '아니요.'에 익숙하지 못하다. 거부반응을 보이는 사람들이 생각보다 많다.

하지만 '예스 문화가 심각하다.'는 소리가 나온다면 지나치다는 증거다. 우리는 입에 달고 산다고 해도 과언이 아닐 정도로 '예'를 즐겨 쓴다. 우리나라 직장들의 심각한 현주소다.

밥벌이를 위해선 잘못된 지시를 참고 굴욕도 견뎌내야 하는 곳이 직장이라면, 때론 울컥하는 을(乙)의 슬픔은 사라질 수 없는 법이다. 그러니 "아니요."를 쉽게, 또 편히 말할 수 있는 곳이라면 일단 좋은 곳으로 봐도 된다. 어느 곳이든 마찬가지다.

무엇보다 중요한 건 "아니요."라고 외칠 때
너무 튄다고 지적받지 않고,
예의범절도 모르는 무뢰한 취급받지 않고,
누군가와 맞서야하는 용기가 필요해서는 안 된다는 것이다.

외할머니가 좋아한 진짜배기

입사할 것도 아닌데 관심을 갖고 쭉 눈여겨보는 어느 회사가 있다. '착한 회사는 존재할 수 없다.'란 고정관념을 보기 좋게 깨뜨린 그 기업의 매력에 끌려서다.

아주 오래전, 이 여행사의 사장이 쓴 책을 읽고선 마음을 뺏겼다.

직원들의 만족도가 얼마나 높기에 돈을 모아 파산한 회사까지 살려낼까. 정말 놀라웠다. 머지않아 세간의 관심이 이 회사에 집중되지 않을까. 그 예감은 어느 정도 맞아 들어갔다.

이 여행사는 참 유별나다. 파산과 경영위기의 곡절을 겪었지만 어느 정도 틀이 잡히자 단박에 여행업계 최강자로 올랐다. 특히 상식 파괴 경영으로 유명하다. 얼마나 이상하고 희한한지는 홈페이지나 관련 기사들을 찾아보면 금방 나온다.

우선 직원 복지 제도가 입을 떡 벌어지게 만든다. 자율출근·재택근무·정년폐지는 채택한지 오래다. 마라톤 대회 지정 순위에 들거나 골프 입문 1년 이내 기준 타수를 성공할 경우 포상을 받는 희한한 제도를 갖고 있다.

이뿐만이 아니다. 고객의 불평을 홈페이지에서 모두 공개한다. 직원 승진과 사장 선임을 투표를 통해 결정한다. 기업이 아니라 마치 직접 민주주의 실험장 같다.

채용 안내를 봐도 신기하다.

"지금 가진 것은 없지만 주어진 일에 최선을 다하겠습니다."라는 식으로 자기 소개하는 지원자는 합격 가능성이 전혀 없다는 친절한 안내가 적혀있다. 어디서도 볼 수 없는 신선한 멘트가 아닐는지.

어느 신문사가 선정한 '신바람 일터 국내 1호'로 지정됐다는 것만 봐도 회사 분위기를 가히 짐작하고도 남는다.

그래서인지 망설임 없이 이 회사의 여행 상품을 주위에 소개하는 편이다. 후한 칭찬 때문에 괜한 오해를 가끔 받는다. 괜찮다. 주식 한 주 없고 친인척이 근무하는 것도 아닌데 뭘. 여기저기 추천해주고 싶은 마음이 절로 생기는 이유는 간단하다. 이렇게 괜찮은 회사가 없기 때문이다. 이런 회사는 망하지 않고 성공했으면 바라서다.

이 여행사가 최근 들어 반가운 소식을 또 알렸다. 장애인을 위한 여행 상품이 국내에 흔치 않아 마음에 걸린다며 그 첫 출발을 시작한다는 안내다. 현지 시설을 실제 휠체어 사용자가 직접 체험해봤다는 설명을 곁들여 장애인들의 걱정을 덜어주고 있다. 꼼꼼한 가이드북을 만들었다니 배려심이 드러난다. 부담 없는 가격도 마음에 든다. 마음씀씀이가 기특하다.

이렇게 대외적 활동만 봐도 다른 기업들과 달라도 너무 다르다. 요새 거의 웬만한 회사들은 다 사회공헌 활동에 끼어든다. 아니, 안 하는 회사를 찾기가 더 힘들지도 모른다.

하지만 내면을 들여다보면 어이없는 경우가 사실 한둘이 아니다. 실제로 본 사례를 들먹거리면 별별 경우가 다 있다.

추운 겨울에 떨고 있을 홀몸노인들을 돕겠다는 어느 중소기업 대표. 600원 남짓한 연탄 구입에 100만 원 예산을 책정했다. 여기까지는 참 고맙다.

그런데 연탄을 나르기로 약속한 날, 딸려오는 직원들의 수가 어마어마하다. 10명만 있어도 충분히 나를 수 있는 양인데 배달은 금방 끝나 버렸다. 기념사진 찍기에 바쁘다. 그 많은 인원에 맞게 산 장갑·비닐옷·운반도구를 챙기지 않는다. 바로 버리는 회사들도 가끔 나온다. 사진 찍기 생색용 사회공헌 활동이 바로 이런 게 아닐까. 그래도 안 하는 것보다는 나으니 뭐라 할 수도 없다.

또 직원들의 표정이 어두운 게 마음에 걸린다. 남을 도울 땐 얼굴이 밝아지기 마련인데 휴일인 주말에 끌려나와서인지 피곤한 기색이 역력하다. 대외적인 사회공헌 활동을 버젓이 내세우지만 정작 사내 복지나 직원들의 고민 해결에는 관심 없다는 증거 아닐까. 이런 기업들은 정말 수두룩하다.

기업은 착해빠지면 안 된다고 한다. 보통은 악착같이 이익을 좇는다. 직원들을 혹사시켜서라도 목표 달성을 제일 먼저로 친다. 그래서 사랑받는 존재가 아니다. 아니,

될 수가 없다.

하지만 착한 기업이 이 세상에 있었으면 하는 바람이 드는 건 왜인지 모르겠다.

문득, 내가 초등학생일 무렵 돌아가신 외할머니가 들려주신 말씀이 떠오른다.

학교 문턱을 밟아보지도 못한 외할머니가 한글을 깨치지 못한 나를 무릎에 앉혀놓곤 일러주셨다. 어렴풋이나마 무슨 말인지 떠오르는 건 희한한 단어를 쓰셔서 기억에 남기 때문이다.

진짜배기.

이 세상에는 진짜배기란 게 있단다. 거짓말을 일삼는 사쿠라와 달리 진심 빼면 시체인 사람들이지. 뿌리가 탄탄해 중심도 잘 잡는단다. 그러니 사람들이 진짜배기를 못 알아볼 리가 없지.

넌 나중에 커서 세상에 제 몸을 던지는 진짜배기가 되어 보거라. 왜냐면, 누구든 진짜배기를 좋아하는 법이거든.

02

×

길

×

수없이 많지만
하나를 선택해야 하는 것

토끼가 거북이 나라에서 찾은 보물지도

할까 말까 망설일 때 고민하지 말고 그냥 해도 좋은 게 몇 된다. 그 중 하나가 여행이 아닐까.

사실 나는 고민될 때마다 '할까'를 택하는 편에 속한다. 일단 떠나면 건지는 게 많아서다. 그렇지만 좋은 일만 있으라는 법은 없다. 불현듯 스페인에서 소매치기를 당해 낭패를 본 때가 떠오른다. 그러나 이런 예기치 않은 경험 역시 여행의 과정일 뿐이다.

여행은 중독성이 강하다. 외국에 몇 번 나가놓고서 '이국적인 설렘'과 '느림의 매력'에 푹 빠져버렸다. 그랬더니 어느 순간 여행의 기술이 달라졌다. 이것저것 다 보겠다는 욕심으로 토끼처럼 빨리빨리 뛰어다니지 않는다. 보고 싶은 게 유명한 문화유적과 예쁜 관광지만은 아니기 때문이다. 마치 단 하루라도 여유로움을 포기하지 않겠다는 듯 느리게 살아가는 이방인들의 모습들이 오히려 마음을 사로잡는다.

낯선 풍경도 정겹다. 우리처럼 한 끼를 헐레벌떡 먹는 게 아니라 정찬 스타일의 식사를 여유롭게 즐긴다. 또 한적한 가로수 길을 느릿느릿 걸으며 한참동안 대화를 도란도란 나누는 모습은 이국적이다. 이럴 땐, 마치 동화 속 거북이가 사는 나라에 여행 온 토끼가 된 느낌이 든다.

한 번은 호주에서 이런 일이 있었다. 목이 말라 들어간 편의점에서 머리가 희끗한 할아버지가 음료수 진열대 앞에서 뭘 살까 고민하며 서 있었다. 잠시 기다렸다. 그런데 이게 웬걸. 도대체 뭘 꺼낼 기미가 없는 게 아닌가. 급한 마음에 내가 뒤에서 헛기침을 하자 그제야 그가 자리를 비키며 말했다.

"뭘 고를까하는 재미에 빠져 그만 자네가 기다리는 줄 몰랐네. 먼저 고르게나. 난 좀 더 생각해볼 테니. 자네도

알듯이, 선택은 행복이고 행복은 선택이잖나."

참 생뚱맞았다. 낯선 이방인에게 뜬금없이 "Choice is Happiness. Happiness is Choice."라니. 참나, 별거 아닌 음료수를 고르며 행복을 운운하다니, 싶었다.

스페인에서도 비슷한 에피소드를 겪었다. 어김없이 거북이 나라에 온 토끼 취급을 받았다. 현지 가이드가 하루에 네 끼 내지 다섯 끼를 먹고 시에스타(Siesta)라 불리는 낮잠까지 즐긴다기에 살짝 비꼬며 물어봤기 때문이었다.

"그렇게 놀다가 그럼 언제 일하나요?"

"아무리 바빠도 끼니와 휴식은 거르면 안 되죠. 바로 오늘이 인생 최고의 날인데 지금 아니면 언제 행복을 느낀단 말인가요? 이따 일 끝나면 맛있는 저녁식사를 우리 집에서 대접하고 싶네요."

번뜩 어떤 생각이 머리를 스치고 지나갔다. 아, 내가 모르는 삶을 이들은 살고 있구나.

느낌은 거짓말을 하지 않는다더니, 추측이 얼추 맞아떨어졌다. '행복은 현재이자 소소한 일상에 있다.'는 삶의 방식이 그네들의 마음속에 온전히 자리 잡고 있다는 사실을 나중에 알게 됐다.

덴마크의 '휘게(Hygge)'가 대표적인 삶의 방식이다. 행복 지수가 높기로 알려진 덴마크에서는 '소중한 사람과 맛있는 식사 한 끼 먹기', '퇴근 후 아늑한 공간에서 커피 한 잔 마시기', '소파에 앉아 편안하게 책 읽기' 등 소중한 사람과 함께 소박한 시간을 즐기는 것을 중요하게 여긴다고 한다. 이게 당연한 삶의 방식으로 통한다니, 마냥 신기할 뿐이다.

여행이 끝나면 남는 건 사진만은 아닌 것 같다. 가끔 보물이 숨겨진 지도도 운 좋게 걸리는 법이다. 성질 급한 토끼가 느리고 느린 거북이 나라에 가 건진 보물지도가 하나 있다. 보물지도에 적힌 내용은 이런 거다.

행복에 도착하려면,
'바쁜 일상'이라 적힌 길로 가지 마세요.
'소소한 일상'이란 표지판만 따라가면 도착합니다.

보물지도를 따라가면 보물 상자도 찾게 되는 법. 호주 여행에서 이방인 할아버지가 들려준 말이 그게 숨겨진 보물 상자 아니었을까. 이런 뜻이 아닐까 싶다.

'행복과 선택은 떼려야 뗄 수 없는 관계이지요(Choice is

Happiness, Happiness is Choice).'

부디 음료수를 고르는 아주 사소한 선택에도 고민하고 기뻐하는 그 호주 할아버지 같은 분을 만나는 행운이 여러분에게도 찾아왔으면 좋겠다.

챙겨야 할 여행 준비물

해외여행 계획을 전하자 성직자인 친구가 들려준 조언.

먼 여정을 떠나기 전에 꾸려놓은 짐을 많이 내려놓고 가.
가벼워야 사람 사는 모습과 경치가 눈에 들어오는 법이거든.

힘들 땐 몇 번이라도 좋으니 쉬며 쉬엄쉬엄 가.

무엇을 성취하려고 가는 여행이 아니잖아.

맛난 음식을 다 맛보고 현지인들을 두루두루 만나봐.
인생 최고의 날인 오늘을 즐기는 가장 좋은 방법이야.

그런 여행이라면 때로는 생각과 삶을 한순간에 바꿔놓을 수 있지 않을까.

곁눈질

병원 출입 기자로 활동한 덕에 의료지식이 제법 쌓였다. 서당 개 삼년이면 풍월을 읊는다고, 어느덧 간단한 건강 상담쯤은 가볍게 조언할 수 있을 수준이 된 듯하다.

어디가 아프면 어떤 검사를 받으라든지, 병을 고치려면 실력 있는 어느 의사를 찾아가라 식의 조언을 가끔 들려주곤 한다. 안다. 그래봤자 자격증과 전문 지식이 없으니 사이비에 불과할 뿐이다.

명의(名醫)들을 인터뷰하고 소개하는 기획 취재를 진행하면서 주워들은 지식 덕에 사이비로서의 수준이 점점 더 높아져 가던 때가 있었다.

그즈음 K교수를 알게 됐다. 그는 척추관 협착증의 새로운 원인을 밝혀낸 통증의학 분야 의사였다. 세계 최고 권위의 인명사전 2018년판에 등재될 정도로 실력을 인정받았다.

하지만 난 K교수에게 큰 관심을 두지 않았다. 왜냐하면 그보다 더 유명하고, 더 잘 나가는 의사들이 워낙 많았기 때문에.

그런데 하루는 K교수에 관한 자료 하나에 관심이 확 끌렸다. 갑자기 눈길이 간 이유는 그의 '의사로서의 실력'이 아닌 '다른 행동'에 끌려서다.

조혈모세포를 기증한 그의 도움으로 이식 받은 어린이가 백혈병에서 완전히 벗어났다는 반가운 소식이 자료에 적혀 있었다. 좀 더 알아보니, K교수가 병원에 드나들며 입원까지 해야 하는 기증 과정을 거쳐 고귀한 생명을 살린 것이었다.

한순간 의아한 마음이 꿈틀거렸다. 기증을 안 해도 뭐라 할 사람도 없고, 의사가 치료만 잘 해도 환자들이 얼마나 좋아하는데, 혹시 자신의 이름을 알리고 싶은 욕심이 아닌지….

궁금증은 쉽게 풀렸다.

K교수가 의사이기 이전에 아이를 둔 아버지로서 당연히 해야 할 일이라고 생각했다고 밝혔기 때문이었다.

기자들은 실력 있는 의사를 좋아하지만, 샛길로 빠져 기사거리를 만들어내는 의사를 더 좋아하는 법이다. 많은 기자들이 K교수를 달리 보기 시작한 것도 그 이유에서다. 보통 의사들에게서 쉽게 볼 수 없는 남다른 실천으로 큰일을 해냈으니까.

그의 선행을 소개하는 기사들엔 '의술(醫術)뿐만 아니라 인술(仁術)로도 환자를 고치는 의사'란 제목이 곳곳에 달렸다. 이렇게 K교수의 행동을 치켜세운 기자들이 많았다.

누가 떠밀면서 시킨 일이 아니고, 안 해도 뭐라 할 사람도 없고, 보상이 뒤따르는 것도 아니고, 일과 관련된 것도 아니고, 서로 알고 있는 사이라서 펼친 일도 아니었다. 그래서 더욱 존경을 받는 듯하다.

우리는 자신의 일이 아닌데 외면하지 않고 남을 돕거나 호주머니를 털어 이웃에게 보태는 행동을 희생, 봉사, 자선, 인류애라 부른다. 난 믿는다. 이런 남다른 행동은 주위를 둘러보고 챙기려는 마음씨에서 나온다고.

실제로도 그렇다. 두 눈이 상하가 아닌 좌우로 달려 있는 건 왜일까? 잘은 몰라도 이 때문에 좌우로 넓은 시야를 갖게 된 건 틀림없는 사실이다.

신이 인간에게 영롱한 두 눈을 주며 곁눈질까지 허락한 까닭은 짐작하건대, 더 넓게 주위를 살펴보라는 의미가 아닐까.

나이 먹은 값

'나이 값 하고 살아보자.'

매년 새해 아침에 세우는 목표쯤 된다. 물론 번번이 무너져 해마다 다시 다짐하기 일쑤다. 언제쯤 나이 값을 제대로 하고 사는지. 아, 이 세상에는 마음먹은 대로 되지 않는 게 너무 많은 것 같다.

살다 보면, 나이 값을 못 하고 있다는 사실을 깨닫게 해주는 사람도 종종 만나기 마련이다. 이럴 때면 후회가 번쩍 들며 얼굴이 달아오른다. 부끄럽기 짝이 없어진다. '난 여태껏 뭐하고 살았지' 하는 자괴감이 들기도 한다.

하지만 좋은 점도 있다. 흐트러진 삶의 중심을 잡아주는 역할을 톡톡히 한다. 게다가 주위 사람들을 일으켜 세워주는 이들은 언제 만나든 불편하지가 않아 좋다.

인천에 위치한 어느 대안학교의 G선생이 딱 그랬다. 만나자마자 그의 품성과 인격에 반해버렸다고 말해도 될까. 30대 초반 나이의 햇병아리 교사가 시작한 가욋일에 마음이 끌렸다. 그에게 인터뷰를 청한 이유였다.

교편을 잡고 있는 교사가 남모르게 슬쩍 샛길로 빠진 건 폐지 줍는 노인들을 돕기 위해서였다. 여러 곳에서 폐지를 기부 받아 판매한 수익금으로 형편이 어려운 노인들을 돕겠다는 생각이 갸륵했다. 공감하는 이들이 많아서일까. 그를 응원하며 종이를 모아주는 곳들이 금세 불어났다.

하지만 곧 한계가 드러났다. 폐지를 어렵게 모아봤자 수익은 고작 수십만 원에 불과했다. 많은 노인들을 돕기가 사실 버거웠다.

일 년 후, 그가 전화를 걸어와 또 다른 소식을 전해왔다. 순간 너무나 당돌한 말에 깜짝 놀랐다. 노인들이 주워 파는 폐지를 시중 가격보다 10배 비싼 값으로 거둬들이겠다는 소리였다. 그래야 노인들을 제대로 도울 수 있다는 말인데, 뜻은 좋지만 무슨 돈으로….

나의 우려는 보기 좋게 빗나갔다. 고심 끝에 묘수를 찾아낸 것이다. 폐지를 비싼 값에 사들인 다음, 자원봉사 예술가들의 도움을 받아 이를 작품으로 만들어 팔겠다는 발상이 먹혀들었다.

그런데 그의 샛길 행보엔 끝이 없는 듯하다. 거기서 그치지 않고 새로운 도전에 또 나섰다는 소식을 들었기 때문이다. 폐지수집 노인들의 문제해결을 위해 최근 전국적인 조직에서 활동하기 시작했고 기업 출강에도 나섰다는 얘기가 전해졌다.

그러니 주위의 칭찬은 고무풍선처럼 커져만 가고 있다. 이웃 사랑을 실천하고 있을 뿐이라는 겸손한 대답과는 달리, 그에 대한 얘기가 신문과 방송에 계속 오르내린다. 그대로 옮겨보면, '세상을 바꾸는 사회 디자이너', '이런 사람이 있어 우리나라가 아직 살만한 가 봅니다.'란 기사 제목으로 실렸으니 말 안 해도 아시리라.

그로부터 배운 것이 하나 있다.

바로 나이 값이다.

그를 만날 때면 '나이 값'의 '의미'가 머릿속에 떠오른다.
그가 가르쳐준 '나이 값'이란,

'다른 사람들의 꿈을 돕고 희망을 지켜주는 마음의 크기'다.

나이 값을 제대로 하려면, 마음도 커져야 하는 이유가 바로 여기에 있을지 모르겠다.

나이 값에 대한 해석

'나이 값'은 나이에 어울리는 말과 행동을 가리킨다.

표준어는 '나잇값'으로, '나잇값 좀 해라'란 표현이 자주 쓰인다. 여기서 나잇값이란, 일면 나이에 의해 결정되는 듯이 보이지만 사실 그렇지 않다.

누구는 나잇값을 '격(格)'으로 본다. 그래서 입는 옷과 끌고 다니는 차, 살고 있는 집으로 자신을 표현한다.

누구는 나잇값을 '쓸모'에서 찾기도 한다. 나이가 먹을

수록 세상에서 쓸모가 많아져야 한다고 본다. 찾는 이가 많을수록 존재 가치가 높아진다고 생각한다. 이건 틀린 말은 아니다.

또 다른 누구는 '선행(善行)'을 더 중요하게 친다. 난 여기에 한 표를 주고 싶다. 누군가에 도움이 되는 행동이야말로 나잇값에 더 가깝지 않을까.

자원봉사센터에서 근무하고 있는 지인으로부터도 비슷한 말을 들은 적이 있다.

남을 돕는 걸 쉽게 보시면 안 돼요. 보통 마음을 먹어서는 오래 지속되기가 어렵거든요. 제가 봉사센터에서 오랜 기간 근무하면서 본 바로는, 선행이란 이를 악무는 결심을 해야 나오는 행동이라고 느낄 때가 정말 많았어요. 그러니 봉사란 게 어찌 보면 쉬워보여도 참 어려운 일이에요. 나이 값 제대로 하는 것만큼이나.

인생 최고의 선택

일 년 전 추운 겨울, 허전한 마음을 달래주는 영화 한 편을 봤다.

마음을 채워주는 작품은 도시마다 빼꼭히 자리 잡은 현대적인 복합상영관보다 아담한 문화원이나 소규모 영화관에서 봐야 제격이다. 이곳에서 상영작을 잘 고르면 별난 작품들이 의외로 많다. 그래서일까. 상영이 끝나도 관객들은 쉽게 자리를 뜨지 못한다. 갈 길을 재촉하는 대신 잠시 자리에 앉아 영화의 잔상을 음미하며 이러쿵저

러쿵 촌평하는 마니아들이 꽤 된다.

예술영화관 앞자리에 있던 커플도 단골손님쯤 되나 보다. 감흥에 빠져 감상평을 서로 주고받는 모양새가 한동안 이어졌다. 여자 친구가 말을 쏟아낼 동안 한마디도 없었던 남자가 드디어 입을 열었다.

"아, 왜 이 작품을 이제야 보게 됐지. 너무 좋아서 사실 울컥했어. 이건 내 인생 최고의 영화가 분명해."

이내 그는 엄지손가락을 치켜세워 보였다.

순간 내심 의아했다. 서정성이 돋보이지만 주인공의 읊조림으로 가득 채운, 드라이한 연출이 강조된 이 작품이 최고의 영화라고? 역시 영화란 호불호(好不好)가 갈리기 마련인가 보다.

그때 그의 말 때문일까. 뜬금없이 꼬리를 문 생각에 빠져버렸다.

내가 꼽은 인생 최고의 명작이 과연 있었던가? 곰곰이 생각해봤다. 하지만 제목이 떠오르지 않았다. 아니, 수많은 영화들을 봐놓고도 없었다.

'내 인생 최고의 영화'란 수식어를 한 번도 입 밖으로 꺼내보지 못한 건…. 음, 생각해보니, 그놈의 결벽증이 문제인 듯싶다. 아껴두고 아껴 써야할 표현이라 생각한 듯싶다. 왜냐하면 인생에서 딱 한 번밖에 쓸 수 없다고 여겼으니까. '내 인생 최고'의 표현을 내뱉으면 다시는 '최고'를 고를 수 있는 기회가 사라질까봐 주저한 경우가 정말 많았다.

선택은 언제나 어렵다. 늘 선택을 해가며 삶을 채워가면서도 하나의 결정을 내리려면 또 고민하기 마련인가 보다. 샤르트르도 선택과 관련해 비슷한 말을 남기지 않았던가.

"인생이란 B와 D 사이의 C다."

태어나(Birth) 죽을 때까지(Death) 선택의 문제(Choice)에 직면한다고 풀이될 수 있다. 한 번의 선택이 인생을 좌우할 수 있을 만큼 중요하다는 뜻도 담겼다. 의미심장한 글들이 더 있다. '운명은 우연이 아닌, 선택이다', '인생에서 원하는 것을 얻기 위한 첫 번째 단계는 내가 무엇을 원하는 지 결정하는 것이다' 등등.

그런데 그럴듯한 명언들에는 선택의 능동적 의미를 강조하는 문구들이 유독 눈에 많이 띈다. '선택(Choice)'에는 '선택하다'란 뜻만 있는 게 아닐 게다. 만약 '선택되다'란 피동적 뜻까지로 확대하면, 곱씹어볼 대목이 하나 더 생긴다.

결혼에 빗대면, 내가 인생 최고의 배우자를 고르는 선택과 함께 상대방의 선택도 동시에 있어야만 성사되는 셈이다. 그렇다면 내가 결혼을 선택하는 순간 동시에 선택된 배우자이기도 하다. 이렇듯 '삶'이란, '선택하다'와 '선택되다'가 얽히고설킨 복잡한 실타래와 비슷하지 않을까.

불현듯 아내의 아주 오래전 말이 흐릿하게 기억 속에 떠오른다.

"당신은 나에게 최고로 사랑스런 존재에요!"

그 한마디가 시간이 흘러 어느 순간 메아리로 되돌아온다. 하지만 붙어있던 느낌표가 빠지고 대신 물음표가 달려 들려오는 듯하다.

순간, 가슴이 뜨끔해진다.

"당신은 나에게 최고로 사랑스런 존재일까요, 지금도?"

결혼기념일

결혼기념일은 말 그대로 결혼이란 선택을 기억하는 날이다. 으레 꽃과 선물이 오고가며 맛난 식사 한 끼를 함께 먹거나 파티를 열어 하루가 채워진다.

아마 한 번쯤은 앞에 앉아 있는 배우자를 슬쩍 쳐다보며 '옛날에 결혼하기로 맘먹은 그때 그이가 맞나.'란 생각이 끼어들지 모른다. 순간 피식 웃음이 나올 수도 있다.

뭐 나쁘다고만 볼 수는 없다. 결혼기념일이란 매년 부부의 모습을 재확인하고 이를 축하하는 날이기도 하니까. 거기서만 그치지 않으면 더 좋을 듯싶다. 나를 뽑은 상대방의 선택을 헤아려주는 것이야말로 빼먹지 말아야 할 예의가 아닐까.

결혼이란, '선택한 자유'와 '선택 받은 책임감'이 함께 지켜질 때 의미가 더 커지는 법이니까.

마지막 말

"노년기의 다섯 가지 유형을 꼭 알아두세요. 나이 들어 대부분의 관계를 끊고 사는 운둔(隱遁)형, 성취 욕구를 좇아 과거보다 더 열심히 사는 무장(武裝)형, 그리고 실망스런 삶의 원인을 사회 또는 자신으로 보느냐에 따라 분노(憤怒)형과 자학(自虐)형으로 나뉘고요. 마지막으로 나이 든 현실을 수용해 만족한 삶을 누리는 성숙(成熟)형이 존재합니다."

하던 일을 접고 사회복지학을 배우기 위해 뒤늦게 대학원을 다닐 때다. 노인의 특성들을 알아보는 강의가 열렸다. 수업이 끝나자마자 배운 걸 바로 써먹고 싶었는지 대학원생들 사이에서 농담 반 진담 반 대화가 오고갔다.

"K교수님은 늘 논문 작성과 세미나로 바쁜 일정을 보내시니 무장형 같지 않아?"

"아냐, 방에 틀어박혀 연구만 하시니 은둔형이 맞아."

교수들이 어떤 유형에 속하는 지를 놓고 학생들이 이러하다느니 저러하다느니 따지는 촌극이 벌어졌다.

이처럼 대학에서 노인학을 따로 배울 만큼 우리나라의 노령화 추세는 급하다. 굳이 통계 수치를 따지지 않더라도 쉽게 알 수 있다. 노인들이 많이 보이는 곳이 늘어나고 있는 게 그 증거 아닐까. 경로당 내지 바둑기원 정도로만 알고 있었는데 그게 아니었다.

일 년 전, 국립중앙도서관 좌석의 반 정도가 나이가 지긋한 어르신들로 메워진 걸 보고서 깜짝 놀랐다. 누군가는 어학 공부를 하고, 누군가는 돋보기를 쓴 채 컴퓨터를 배우는 모양새였다. 또 다른 어르신은 자서전을 집필하는 듯 원고를 채워가는 광경이 펼쳐졌다.

그날 날 정말 놀라게 한 어르신은 따로 있었다. 바로 내 옆자리에 앉아 동그란 안경을 내려 쓴 채 책에서 눈을 떼지 않았던 할머니.

얼핏 봐도 대입 수능을 공부하는 늦깎이 수험생 같았다. 교재를 펴놓고 인터넷 강의를 듣느라 몇 시간째 자리를 뜨지 않는 얼추 70대 노인의 모습을 목격하곤 감탄을 멈추지 못했다.

'그 나이에 무슨'이라는 통념을 뒤엎는 늦깎이 학생은 다니던 대학원에도 계셨다. 20~30대 학생들이 즐비한 대학원에 최고령 학생으로 입학해 당시 화제를 끌었다. 환갑을 넘어 석사 학위를 땄고 곧 박사에 도전하겠다는 포부까지 밝혀 자신보다 나이가 어린 교수들을 당황시켰다.

궁금했다. 공부를 뒤늦게 시작한 이유가. 여쭤보니 정말 짧은 대답이 금방 되돌아왔다. 못 본 책을 이제라도 맘껏 보고 싶어서라고.

노인들을 돌보며 수많은 죽음을 지켜본 의사와 사회복지사의 강의를 들은 적이 있다. 세상에서 가장 짧고 가장 솔직한 표현, 즉 세상을 등지기 전 최후의 유언은 다섯 가지로 요약될 수 있다고 한다.

사랑한다. 영원히 기억할게.

미안하다. 날 용서해다오.

내 아들 딸이어서 정말 고마웠다.

네 엄마(아빠)를 부탁한다. 행복하게 잘 살아.

만족스럽게 살다가 세상을 뜨는 거니 다행스럽다(또는 참 바보 같이 살았구나, 쓸쓸하고 허무하네).

누구나 마지막 순간에는 자신의 민낯과 솔직한 생각을 있는 그대로 보여줄 수밖에. 그래서 음미해야 할 중요한 가치가 꼭꼭 담겨져 있는지 모른다. 고작 한두 줄에 불과한 유언이 때로는 가르침으로 들리는 이유이다.

65살에 운명을 달리한 레오넬라 수녀의 마지막 말은 잊을 수 없는 유언으로 꼽힌다. 그녀는 아프리카에서 38년 동안 봉사활동을 펼쳐오다 2006년 소말리아에서 무장 괴한의 총에 맞았다. 그녀는 죽어가면서 똑같은 말을 되풀이했다.

아마 이보다 더 눈부신 마지막 말은 없으리라.

"나는 용서합니다. 용서합니다."

샛길로 빠져도 되는 까닭

누구나 가끔은, 괜스레 모르는 샛길로 슬쩍 빠져봅니다.
가보지 않아 궁금하기 때문입니다.

별스러운 광경이 나올지 모른다는 기대에 설레어
금세 해맑아집니다.

가는 길이 맞는지 뒤돌아보지 않아도 됩니다.

왜냐면,

길은 갈라졌다가 다시 합쳐지고,

막힌 곳이면 기가 막힌 비경이 나타나기 마련이기 때문입니다.

모르면 아쉽고 슬픈 얘기

다니던 대학원에서 어느 교수가 한 말이 돌고 돌아서 들려왔다.

우리 동기처럼 유별난 애들은 지금껏 없었다며 교수님이 혀를 내둘렀다고 한다.

그 교수님의 공식 인증처럼, 사실 툭하면 술집에서 모이는 우리 동기들은 제대로 된 대학원생들은 분명 아니었다. 고백하면, 술자리가 좀 지나치다 싶을 정도로 잦았다. 다들 성적이 나쁘지 않아 망정이지 하마터면 '문제아

기수'란 불명예를 뒤집어 쓸 뻔 했다.

그런데 동기들이 처음부터 똘똘 뭉친 건 아니었다. 단출한 7명이지만 다 제각각이어서 여간 서먹서먹한 게 아니었다. 20대부터 50대까지 나이 차이가 커 잘 어울리지 않는 조합처럼 보였다. 그래도 잦은 모임 덕분인지 이내 우정이 싹텄다. 아무튼 자주 모여 밥을 먹고 술자리를 갖은 게 서로 친해지는 계기가 됐다.

동기들의 주량 얘기를 꺼내면, 그 중 최고 주당은 어릴 적에 두 눈의 시력을 잃은 L형이 꼽혔다. 사회복지법인 대표를 맡고 있던 50대의 그 형님은 감당이 안 되는 애주가였다. 우선 술잔 크기부터 남달랐다. 소주를 소주잔이 아닌 맥주잔으로 담아 기울이니 술고래일거라 지레짐작했다.

그런데 실상은 그게 아니었다. 앞이 안 보여 술을 맥주잔에 따라 마신다는 사실을 나중에 알게 됐다. 무슨 말인가 하면, 작은 소주잔으로 서로 주거니 받거니 하면 좋은데 보이질 않으니 어쩔 수 없이 맥주잔으로 소주를 먹는다는 뜻이었다. 그래서 술을 좋아하는 시각장애인들은 모두 나중에 말술이 된다는 웃고픈 이야기도 듣게 됐다.

L형과 함께하지 못했더라면 몰랐을 얘기들은 더 많았다. 과거에 대학 입학 합격점을 받아놓고도 장애인은 수

업 받기가 어려울 거라는 학교 관계자의 일방적 설명과 함께 면접에서 탈락한 아픔, 잘못 설치된 점자유도블록 탓에 친구를 잃은 슬픔, 점자책이 없어 공부하고 싶어도 못한 설움이 그가 뱉어낸 상처였다.

당시 '장애인'과 '장애를 지닌 자식을 둔 부모'들의 입학 사례가 늘면서 학교에는 변화가 생겨나기 시작했다. 장애인과 비장애인이 친구 사이로 어울려 지내는 모습이 흔해졌다. 그러나 이상하게 쳐다보며 이런 질문을 던지는 이들이 없지 않았다.

"장애인과 함께 지내면 힘들 텐데, 같이 있다 보면 불편한 점은 뭐 없어?"

장애인을 동기나 선후배로 둔 학생들의 대답은 거의 대동소이했던 것 같다.

"불편하다니 무슨. 함께 지내보면 알게 돼. 그냥 친구야. 오히려 배울 점이 더 많지."

그 대답은 진심이었다.

장애인과 비장애인이 함께 공부하는 교육이 이뤄져, 서로 부대끼며 지내보면 알게 된다. 장애인과 스스럼없이 지낼 때와 마치 먼발치에서 바라보듯 할 때는 전혀 딴 판의 말과 행동이 나온다는 것을.

따지고 보면 장애인을 친구, 동료, 선후배로 두고 있는 경우가 과연 얼마나 될까? 이 질문의 답은 장애인의 고민과 아픔을 제대로 이해하는 사람들이 별로 없다는 뜻과 같지 않을까. 겪어본 이는 금방 알게 된다. 장애인과 비장애인이 함께하는 조합이 빚어내는 앙상블은 정말 기대 이상이라는 사실을.

최근 장애인 학교 설립을 반대하는 시위가 서울 어딘가에서 벌어지며 시끄럽다.

반대하는, 난리법석 떠는 이유를 듣게 됐다. 듣고 또 들어도 왜 반대하는지, 왜 난리법석 떠는지를 이해하기 어렵다.

장애인에 대한 비장애인들의 생각에서 어떤 오해와 착각이 있는 걸까?

만약 '장애인'이 '우리 모두의 친구'임을 모른다면, 그건 정말 아쉽고 슬픈 얘기다.

동화책을 만드는 목적

1992년에 등단한 고정욱은 장애 문제를 다루는 동화(童話)만을 집필하는 작가로 소문이 자자하다. 100여 권 이상의 책을 출간한 그는 한 살 때 소아마비를 앓아 휠체어를 타지 않으면 움직일 수 없는 1급 지체 장애인으로 알려져 있다.

그의 책 중에 이런 내용이 나온다.

「교실에서 아이들 모두 영택이 생일잔치 이야기를 하고

있었습니다. 영택이 어머니가 반 아이들을 거의 다 초대했나 봅니다.

"야, 너 오늘 찔뚝이네 갈 거냐?"

"아니, 안 가. 너는?"

"나도 갈까 말까 생각 중이야."

"그래, 어쩐지 좀 찜찜하지 않냐?"

아이들 대부분은 초대를 떨떠름해했습니다. 까닭은 말하지 않았지만 영택이가 장애인이어서 그런 것 같았습니다.」

고 작가가 아이를 위한 동화책을 펴내는 이유를 눈치챌 수 있는 대목을 일부러 뽑아봤다.

어릴 적부터 장애인에 대한 부정적인 인식을 바꾸어주어야

상대방을 있는 그대로 인정해주고 받아들일 테고,

그제야 비로소 편견 없는 우정과 변함없는 사랑이 생겨난다는 점을 알리기 위해서 동화책만 쓰는 게 아닐까 싶다.

공감과 이해야말로

어느 초보 상담교사의 경험담이다.

언젠가 한 여학생이 불쑥 찾아와 학대 상담을 요청해 왔다. 그것도 다름 아닌 부모로부터의 학대라는 말에 깜짝 놀랐다. 아니, 떨려오는 마음을 감출 수 없었다.

그런데 막상 무릎을 맞대고 속내를 들어보니 어처구니가 없었다.

다행히, 신체적 학대는 아니었다. 그 아이가 손찌검도 하지 않는 부모가 자신을 학대한다고 한 이유는 따로 있었다. 학력과 직업이 꽤 좋은 부모를 둔 아이에게서 아주 간혹 벌어지는 해프닝쯤으로 보면 된다.

머리가 비상하거나 출세한 부모가 자식의 걸림돌이 되는 경우라고 해야 될까. 공부해서 좋은 대학에 가야 사람 구실을 한다는 조언이 지나쳐 아이에게 독이 된 사례였다.

거기까지는 그래도 괜찮은데, 고액 과외든 뭐든 필요한 건 다 해줄테니 부모가 졸업한 명문대학교 이하로는 아예 쳐다보지도 말라는 다그침은 영 아니었다. 자식은 심각한 스트레스에 한숨만 내쉬었다.

아이를 책상에 앉혀놓고 공부를 하는지 안 하는지 새벽에 잠들 때까지 부모가 옆에서 지켜본다니. 이건 정말 말이 안 됐다.

아이가 기대치에 못 미치니 부모로서 답답한 마음이 드는 건 이해가 되지만 아무리 그렇다고 해도 그렇지. 교사는 캄캄한 어둠이 느껴졌다.

문제는 이 학생이 서울에 위치한 웬만한 대학교에 입학할 수 있는 실력을 지녔다는 점이다. 또 다른 문제는 자존감이 무너져 스스로 못났다고 여겨 기를 펴지 못하고 있다는 것.

교사는 서둘러 학부모를 만났다. 그런데 문제가 해결될 기미는커녕 벽이 하나 더 생겨버렸다. 어려운 가정환경에서 공부해 나름 자수성가한 그 부모의 고집을 꺾기가 역부족이었기 때문이었다. 학부모가 자신의 좌우명을 자랑스럽게 꺼내 소개할 땐 하마터면 '이건 정말 아닌데!'라고 외칠 뻔했다.

그 좌우명이란,
'정말 혼신을 다하면 다 이루어진다.'
'무언가 온 마음을 다해 원한다면 반드시 그렇게 된다.'

이건 원래 소설가 파울로 코엘료가 쓴 베스트셀러에 오른 「연금술사」에 나오는 말이다. 물론 주옥같은 명언이긴 한데, 부모와 자식 간 갈등을 일으킨 원흉이 됐다니 안타까운 노릇이었다.

이쯤해서 교사는 감이 잡혔다. 일단 1단계로 약한 처방을 써 보기로 했다. 그래서 간곡히 조언했다.

"어머님, 아버님. 따뜻한 말을 자주 해주시면 아이의 마음이 좀 누그러들지 않을까요. '너만 공부하냐, 맨날 힘들다고 하게.', '누구는 이번에 전교 몇 등 안에 들어갔다고 하더라, 넌 도대체 뭐니?' 이런 말 대신 '공부와 시험 때문에 힘들지?', '우린 널 믿어.'식의 말씀을 많이 해주시길 부탁드려요."

하지만 부모가 못 알아듣는 눈치였다.

부모는 교사에게 바로 쏘아붙였다.

"전들 그걸 모릅니까? 지가 알아서 해야 따뜻한 말을 하죠!"

교사는 바로 2단계 조치로 들어갔다.

모름지기 유식한 고집을 꺾으려면 더 높은 유식으로 상대해야 하는 법. 자신이 읽어본 책 하나를 뜬금없이 소개했다.

"어머나. 부모님들의 좌우명을 들어보니 책 연금술사를 무척 좋아하시나 봐요. 다음엔 제레미 리프킨이라는 현대 사상가가 쓴 공감의 시대도 한 번 읽어보세요. 제가 꼭 추천 드리고 싶네요."

"네? 갑자기 웬 책을 다 소개하시고…."

"공감이라는 화두로 다양한 얘기를 들려주는 책인데요. 얼마나 공감에 대해 말하고 싶은 게 많았던지 분량이 무려 800쪽이 넘는 답니다."

"예, 그런 가요. 좋은 책인가 보네요. 그럼 시간 날 때 한 번 읽어보죠."

결국 면담은 소용없었다. 결론 없이 끝나버렸다. 아이

가 불쌍했다.

학부모가 알아들었는지는 몰라도 교사는 제발 알아듣길 바랐다.

공감(共感)이 뭔지를 꼭 읽어보기를. 제발 아시기를.

'공감'과 '이해'가 '잔소리'와 '간섭'보다 더 큰 힘을 갖고 있다는 사실을 부디 깨닫기를.

초보 교사는 어느 날 벌어진 해프닝을 소개하며 말미에 많은 상담교사들이 안고 있는 고민도 알려줬다.

상대방이 '무식한데 고집까지 세면' 대화가 안 된다는 옛말이 틀린 건 아니지만,

요새는 '유식한데다 굽힐 줄 모르는 아집까지 있는 경우'가 더 큰 문제라고 말이다.

괴짜라서 진짜다

지난해 인터뷰를 통해 화제를 끈 인물이 있었다. 귀순하다 다친 북한 병사를 치료한 아주대병원 중증외상센터장 이국종 교수.

정확히 말하면, 기자인터뷰에서 귀순병사의 기생충 감염 사실을 공개한 그의 발언을 놓고 한때 논란이 빚어졌다. 그와 국회의원 간 설전도 벌어졌다. 당시 SNS에서는 그의 태도를 놓고 '괴짜 의사'라는 비난과 '국민 영웅'이라는 칭찬이 모두 넘쳐났다.

하지만 이국종 교수는 물러서지 않았다. 그는 더 나아가 의사답지 않게 의료계와 정부를 상대로 쓴 소리도 쏟아냈다. 이런 모습은 오히려 신선했다.

총상을 입은 환자를 돌볼 수 있는, 국내에서 몇 안 되는 의사인 그에게 사람들이 힘을 실어준 이유가 이게 아닐까 싶다. 다들 여기저기로 끌려 다니지 않는 그를 응원했다. 여기저기서 지지하는 목소리가 들려왔을 정도로.

"그이는 단지 돈벌이에만 신경 쓰는 소심한 의사는 아닌가 봐. 저런 의사를 못 믿으면 누굴 믿어!"

국어사전을 찾아보면, '괴짜'란 자기만의 생각에 빠져 있거나 희한한 짓을 잘하는 별난 사람을 지칭한다. 괴짜는 실수를 자주 저지르는 편이다. 엉뚱하기 짝이 없다. 무모한 도전을 일삼는다. 그러니 기이하단 소리를 자주 듣는다.

그런 괴짜는 늘 어디서나 있기 마련이다. 아마 법조계에, 의료계에, 또 다른 분야에도 당연히 있을 것이다. 그래서 우리 모두는 괴짜의 존재에 대해 잘 알고 있다. 한번쯤은 보거나 같이 지내봐 곤욕을 치러봤기 때문이다.

그러나 '어디서도 보기 힘든 괴짜'로 불리는 이들은 좀 다르다.

'진짜 괴짜', '진짜 꼴통'으로 불린다. 때로는 '천재'라고도 표현된다. 그들은 보통 이런 성향을 지닌다.

뭔가 말하기 전 입술을 지그시 깨물곤 한다.
생각이 깊어 명쾌한 답을 내놓는 경우가 많다.
그러려니 하는 꼴을 못 본다.
남들이 보지 못하는 것을 잘 찾아낸다.
몰래 덮거나 함구하고 있는 사실들을 캐내 드러내려고 한다.
세상을 바꾸려 거침없이 입을 연다.

흔하지 않은 특징들로 인해 '괴짜'와 '진짜 괴짜'를 구별하는 방법은 의외로 쉬운 게 아닐까?
괴짜가 다가오면, 사람들은 고개를 돌리거나 눈을 피한다.
하지만 진짜 괴짜가 보이면, 가던 길을 멈추고 뚫어지게 한참동안 쳐다보게 된다.

부부로 살아가기

'부부싸움은 개도 안 말린다.'는 속담이 있는데, 부부싸움에 제삼자가 선불리 개입하면 안 된다는 뜻이다.

후배 L기자의 부부싸움 소식에 몇몇 선배들이 한자리에 모였다. 후배가 집을 나와 찜질방을 전전한다기에 이대로 가면 안 되겠다 싶었는지 그를 호출했다. 물론 자초지종이 어떠하든, 후배를 잘 구슬려 집으로 돌려보낼 참이었다. 한 사람만 잘못해 벌어지는 부부싸움은 거의 없다는 사실을 기혼자 선배들은 이미 잘 알고 있었기 때문이었다.

그런 선배들이 어느 순간부터 떠들기 시작했다. 그놈의 술이 문제였다. 죄다 본인의 경험을 꺼내며 이래라저래라 부부싸움에 훈수를 뒀다. L기자의 집 밖 떠돌이 생활이 그날로부터 몇 개월 더 이어졌으니, 속담이 옳다는 걸 증명해준 꼴이 돼버렸다.

생각해보면 그날 선배들이 쏘아댄 화살은 L기자에게만 간 건 아니었다. 엉뚱하게 내게도 왔었다.

"종교가 다른데 어떻게 결혼한 거야? 불교신자와 기독교신자의 결혼은 정말 드문데…."

말끝이 흐려지는 걸 보니 질문이 아닌 문제 제기였다고 할까. 아무튼 붙어사는 게 참 용하다, 그런 소리처럼 들렸다. 집안에서 종교 전쟁이 나지 않는 게 더 이상하다는 내심이 읽혀졌다.

종교가 다르니 고민이 된 적이 왜 없었겠는가. 지금의 걱정거리는, 우리 부부가 아니라 하나 밖에 없는 딸이다. 부모의 다른 종교로 헷갈려 하는 눈치인 것 같다. 뭘 고를지를 놓고 말이다.

하여튼, 종교가 다른 배우자끼리 만나면 안 되는 이유는 없기에 혼인해 잘 지낸다는 짤막한 대답으로 끝을 맺었다.

술에 취해서일까. 집에 돌아와 아내의 생각을 물어봤다. 당신에게 좋은 결혼은 뭐냐고. 내 생각이 '끼리끼리 만나 노력하는 게 결혼'이라면, 아내의 답은 '함께 돕는 관계가 좋은 부부'였다.

역시 종교가 달라도 하나가 될 수 있다는 믿음은 틀린 게 아니었다. 이리 봐도 저리 봐도 둘 다 맞는 답 같았다. 아니, 이혼하지 않고 사는 그 어떤 부부의 대답도 모두 정답이라고 생각한다.

불현듯 부부의 정의를 설명한 지인의 말이 떠오른다. 모르긴 몰라도, 부부의 관계를 설명하는데 이보다 더 딱 맞은 표현은 없을 듯싶다.

성별·성격·학력·종교·환경 등 서로 좁힐 수 없는 차이가 분명 있기 마련이니, 아무리 사랑해도 서로 다른 두 사람이 결혼해 매일 웃고 지낼 수는 없는 법.

그러니 부부로 같이 사는 게 어쩌면 기적이지.

다만, 대화든 소통이든 뭐든

서로 '통(通)하느냐', '통하지 않느냐'로 부부의 관계가 설명될 뿐.

숨은 공통점

별 거 아닌 일로 아침부터 아내랑 한바탕했다. "계란찜에 소금을 많이 넣어 짜다. 아니 적당하니 괜찮다."는 말다툼.

잘 모르겠다. 소금은 어느 정도로 집어넣어야 부부싸움이 일어나질 않는 걸까?

우연일까. 밥 먹으며 보던 TV에서 답이 때마침 나온다.

예능프로그램에 출연한 가수 노사연이 부부싸움 일화

를 털어놓자 곧 웃음바다가 됐다. "남편 이무송이 총각 때 '사는 게 뭔지'라는 노래를 만들어 부르더니 그 제목을 지금까지 체험하고 있다."고 말한 찰나였다. 그 소리에 예능 진행자들이 키득키득 웃기 시작했다.

'부부생활을 어쩜 저리 잘 표현했을까'라는 묵시적인 동의가 없다면 나올 수 없는 큰 웃음보. 누구도 부인 못할 공감이 실려 있기에 웃음을 자아내지 않았을까하는 생각이 든다.

부부생활이란 노래 가사처럼 사는 게 뭔지를 알아가는 여정이 아닐까. 부부싸움은 그 여정에서 맞닥뜨리고 싶지 않은 하나의 과정일 뿐이고.

아내의 전화통화를 우연히 듣게 됐다. 스피커폰을 통해 시골에 계신 처외삼촌 댁 농장이 유기농·무농약 인증을 받았다는 소식이 들려 왔다. 3년을 넘게 화학비료나 농약 대신 퇴비나 유기질 비료만을 사용해야만 가능한 인증이다.

몇 마디의 말이 더 들려왔다. 직접 농사를 지어봐야만 아는 고생 중의 고생이라고. 인증 따기가 얼마나 어려운지 중간에 포기하고 싶었다고. 아직 초보 농부라 아직 모르는 게 많다고.

문득 '농사짓기'란 '부부로 살아가기'와 다를 게 없다는 생각이 들었다.

농부만이 농사짓기 고생을 아는 것처럼, 결혼을 해 본 사람들만이 알지 않을까. 원만한 부부 관계로 지내는 게 얼마나 어려운 지를.

또 농사나 결혼이나 그만두고 싶은 때가 있기 마련이고.

유기농·무농약 인증을 받는데 3년이 걸렸다면, 사이좋은 부부가 되기까지에도 시간이라는 게 필요하다. 서로 달라 싸우며 정이 들어야 하는 최소한의 시간 말이다.

처외삼촌 댁을 들를 때마다 덩그러니 서 있는 유기농 인증 표지판에서 어떤 초심이 읽혀진다. 아마도 표지판이 세월이 흘러 녹슬고 칠이 벗겨질지언정 누군가에는 볼 때마다 감격일 게 분명하다. 사람들이 빛바랜 결혼사진을 들추어 볼 때마다 마음이 두근두근해지는 것처럼 말이다.

부부로 살아가기란 농사짓기와 같아 힘이 남아있는 한 여정은 계속될 것이다. 농부가 매일 새벽녘 눈을 떠 농장으로 향한다면 나무들이 잊지 않고 열매를 맺는 것처럼, 부부가 잡은 손을 놓지 않지 않는다면 희로애락의 수레바퀴는 다행스럽게도 계속 굴러가지 않을까.

사람의 쓰임새

아주 오래전 모임에 참석해 모두의 귀를 사로잡은 얘기를 들은 적이 있다.

어느 재수학원에서 인기 최고인 강사가 있다고 했다.

그 이유가

국내 최고의 대학을 졸업한 수재라서.

학생들의 귀에 쏙쏙 들어오는 강의 실력 때문에.

연예인 빰치는 훈훈한 외모에 반해서.

그게 아니었다.

학생들이 따르는 이유가 따로 있었다.

재수(再修), 삼수(三修)도 아닌 오수(五修)까지 해 대학교에 간신히 들어간 그 강사의 흑역사를 듣고 나면 없던 힘도 생겨나서다. 재수 학원에 다니는 학생들에게는 그가 마치 희망을 주는 빛 같이 느껴져서다.

원하는 대학교에 떨어진 경험이 있어서인지 이 일화에 은근 공감이 갔다. 특히 뭔가를 넌지시 알려주는 말이 절절히 와 닿았다.

누구나 그 사람만의 쓰임새가 분명 있는 법이다.

입시전문가로부터 들은 말이다.

입시철 때마다 내신등급과 수능성적통지표를 들고 와 "어느 대학교 무슨 학과가 지원 가능한 지를 추천해 달라."는 식의 부탁이 줄을 잇는다. 입시제도에 훤해 족집게처럼 잘 맞춘다는 소문이 돈 탓이다. 수험생이나 그 부모나 복잡한 입시제도에 깜깜하니 이해가 된다. 그래서 그는 매번 부탁을 거절하지 못하는 편이다.

그는 입시제도의 문제점과 학생상담에서 느낀 점도 들려줬다.

그 중 하나가, 대학에 떨어지면 인생이 끝나는 줄 안다. 그래서 재수를 피하려는 분위기가 여전하다. 점수에 맞춰 지원하는 추세가 사그라지지 않고 있는 까닭이다.

또 대학 입시에 떨어지는 것만큼이나 자신의 성적으로 갈 수 있는 가장 상위의 대학교에 입학하지 못해도 땅을 치고 후회한다. 눈치를 좀 더 봤더라면 B대학교가 아니라 A대학교에 입학할 수 있었을 텐데. 이런 아쉬움과 미련 속에 자신을 가두는 바보 같은 짓을 벌이는 수험생들이 여럿이다.

대학교에 들어가지 못한 학생들에겐 자신들의 노력에 대한 자기 평가란 온데간데없다. 입시에 휘둘린 탓인지 자신을 점수로 평가한다. 아무짝에도 쓸모없는 사람이라며 좌절하곤 한다. 또 허우적댄다.

지인이 언급한 대입 낙방생의 전형적인 모습은 예전의 나였다.

나 역시 과거에 그랬다.

우리에겐 시험에 떨어지는 것처럼 뜻대로 되지 않는 상황을 '실패'로 간주하는 버릇이 배어 있다. '입시'의 본질을 실력을 겨루는 '경쟁'이나 목표에 대한 '도전'으로만 여기기 때문이다.

자신의 길을 고르는 '선택'의 과정이라고 보면 상황이 달라지지 않을까. 대학에 떨어져도 분명 또 다른 선택은 어딘 가에 남아있지 않을까.

여러 번의 고비를 넘어선 후에야 한 가지 알게 된 점이 있다.

만약 일이 꼬였거나 마음대로 되지 않아 좌절하고 있다면, 조금만 달리 생각해보는 것도 그리 나쁘지 않을 때가 있다.

'성공의 범위'를 너무 좁게,
'실패의 범주'를 너무 넓게,
잡고 있는 탓에 마음이 아픈 것은 아닌지.

마무리를 짓지 않은 수업

대학수학(大學數學)이란 과목을 배울 때였다.

복잡한 공식들이 칠판에 도배되니 인문계 대학생들이 싫어하는 과목들 중 하나다. 어느 날 수업 종료 10여 분을 남기고 강사가 안절부절 못하는 눈치였다. 아마 준비한 강의재료가 바닥난 것처럼 보였다. 잠시의 짬을 때워 보려는 심사인지, 갑자기 수학의 본질에 대해서 알려주겠다고 말했다. 그러곤 아무 말 없이 칠판에 한 줄 한 줄 천천히 글을 적어갔다.

중학교 입시에 떨어지다.

학창시절 수학 시험 거의 낙제점을 받다.

빨리 풀어 점수를 올리려는 동급생들과 달리, 가장 어려워 보이는 문제부터 도전해 풀다.

그런 그가 시간이 흘러 수학계의 다변수 분야 최대 난제를 해결하다.

그래서 존경과 찬사를 받다.

천재 수학자 오카 기요시.

그 강사는 천재 수학자 이름 옆에 마침표를 힘주어 찍곤 수업을 마쳤다. 강의실을 나가며 어떤 교훈을 알아채리라는 듯 어깨를 으쓱대는 모양을 지어보였다.

뭘까? 궁금해졌다.

추측하면 강사는 뭔가를 묻는 듯했다.

여러분에겐 문제를 풀다가 막히더라도 붙잡고 끝까지 매달리는 끈기가 과연 있나요?

누구도 해결하지 못한 해법을 구하는 도전에 한 번이라도 나서본 적이 있나요?

비정상 아니면 다 정상

쳇바퀴처럼 돌아가던 평범한 일상이 갑자기 멈춰버렸다. 딸에게 희귀 난치성 질환인 루푸스(Lupus)가 의심된다는 의사의 무거운 말 때문이었다. 정밀검사 뒤 초초한 마음으로 최종 판정을 마냥 기다려야만 했다.

한 달여쯤 지났을까. 의사와 마주 앉았다.

"결과가 어떻게 나왔나요, 뭐 이상한 게…."

"음. 큰 이상은 없네요. 루푸스 음성으로 보입니다."

"정말요? 그럼 걱정 안 해도 되는 건가요?"

"이런저런 검사 다 해봤는데 괜찮습니다. 물론 시간을 두고 몇 번 더 검사와 관찰을 진행해야겠지만 말이죠."

"선생님, 정말 고맙습니다."

"뭐, 저한테 감사하실 필요는 없고요. 의사들은 다들 비정상으로 보이는 게 없으면 정상이라고 말합니다. 걱정 마세요."

루푸스 음성.

다섯 글자로 정리한 의사의 말 한마디가 긴 기다림에 마침표를 찍었다.

그런데 루프스가 의심되던 상황은 별 문제 없는 해프닝으로 끝났지만 딴 생각이 이어졌다. 의학에 비정상과 정상의 경계가 분명하듯이, 삶에도 비슷한 경계선이 있나 찾아보고 싶어졌다.

그 질문의 답을 찾기 위해 휴일에 집 근처 도서관을 들렀다. 서가를 뒤적여봤더니 비슷한 고민에 사로잡혔던 작가들의 작품들이 수두룩하게 나타났다.

대표적인 작품이 무라타 사야카의 자전적 소설 '편의점 인간'.

소설 '편의점 인간'의 주인공은 후루쿠라 게이코. 그녀는 대학 졸업 후 취직이 안 되자 편의점 아르바이트를 선택한다. 매년 똑같은 편의점 알바를 이어가며 아무 문제가 없던 그녀의 인생에 서른여섯 살 무렵부터 주위의 수군거림이 들려오기 시작한다. 보통 사람인양 정상적으로 살아가기가 어려워진다. 연애 한 번 못 해보고, 적당한 나이가 되서도 가정을 꾸리지 않고, 변변한 직업 없는, 그녀를 비정상이라 의심하는 사람들이 점점 많아진 탓이다.

나이가 차면 직업을 구하고, 제때 짝을 구해 결혼해야하고, 아이를 낳고, 내 집을 마련해야한다는 투의 주위 조언에 하나도 들어맞지 않는 주인공을 통해 작가는 질문을 던진다.

'정상과 비정상의 경계는 과연 무엇인가?'

장장 200페이지를 넘는 소설은 어정쩡한 잔가지를 솎아내고 명확한 결론을 내린다. 정상처럼 보이는 길을 밟지 않으면 무시하거나 깔보는 세상을 향해 작가는 감히 외친다.

"그런 경계란 존재하지 않고, 존재할 수도 없다!"

아차, 싶었다.

작가의 말처럼 누구나 정상이라 보이는 삶에서 벗어나지 않기 위해 단지 세상이 일러주는 매뉴얼대로 따라하면서 정상인 척 살아갈지도 모른다 싶었다.

소설 속 주인공 후루쿠라 게이코처럼 세상의 수군거림을 두려워하는 탓이다.

만약 정상과 비정상의 경계가 헷갈리는 상황이 다시 생기면, 난 딸아이의 루푸스 판정을 맡았던 똑똑한 의사의 말을 인용할 생각이다. 너무 쉽고 명료하기 때문이다.

비정상으로 볼 게 없으면, 모두 다 정상 아닐는지요.

미래의 주인공

살다 보면 깜짝 놀라게 하는 사람들이 주위에서 튀어나온다. 유별난 이들은 곳곳에 많은가 보다. TV 방송 '순간포착 세상에 이런 일이'만 봐도 그렇다. 20년을 넘긴 장수 프로그램인데 아직 끝을 보일 기미가 전혀 없지 않은가.

기자 시절, 비슷한 시도를 벌인 적이 있었다. 특이한 인물을 찾아내면 재미있는 기사가 되겠다 싶었다. 찾기가 어려울지 몰라도 '우리를 깜짝 놀라게 하는 주인공'의 얘기를 풀어내보고 싶은 욕심이 생겼다.

레이더망을 촘촘히 깔아놓아서일까, 주인공이 될 만한 인물이 걸려들었다.

의료복지생활협동조합으로부터 소개 받은 어느 중년 부부.

토론회에서 그들의 발표를 보곤 기사거리가 될 거란 기자의 촉이 발동했다. 남편은 의료생협의 사무장, 아내는 업무 보조를 맡고 있어 둘 다 시민운동가라는 명함을 내민 것부터 예사롭지 않았다.

대화를 나누며 놀랄만한 이야기를 알게 됐다. 남편 월급이 고작 60만 원. 아내의 수입까지 합해도 총 100여만 원이라는 말에 기겁했고, 지금 두 명의 자녀들을 키우고 있다는 말에 또 한 번 기가 막혔다. 그 수입으로 도대체 어떻게 살 수 있는 건지. 도무지 감이 잡히지 않았다.

좋은 기사를 쓰려면 실례가 되지 않는 범위 내에서 거침없이 물어봐야 하는 법. 솔직한 질문을 던졌다.

거짓말 아니냐고. 안 믿겨 진다고.

되돌아오는 답변이 상상 외로 힘찼다. 그런 질문을 많이 받는다고. 하지만 아끼고 아끼면 가능하며, 한 달에 한 번은 근사한 가족외식도 즐긴다는 카랑카랑한 대답이 뒤를 이었다.

비법이 따로 있었다. 다 듣고 나선 나도 모르게 머리가 끄덕여졌다. 학교 대신 집에서 부모가 가르치는 재택 교육, 일명 홈스쿨링(Home schooling), 자가용 사지 않고 대중교통 이용하기, 마트 가는 대신 직접 농사짓기, 최소한의 물건으로 살아가는 미니멀 라이프(Minimal life) 실천을 그 비결로 꼽았다.

그런데 그건 말이 비결이지, 그 부부만의 고집이 이룬 결과이기도 했다. 황소고집이 없다면 엄두조차 못 낼 일.

웬만한 사람들은 꺼리고 싫어하는 불편함이 너무 많이 있었다.

홈스쿨링을 선언하면 감수해야 하는 불편이 한두 가지가 아니다. 자녀들이 집에서 배우니 졸지에 학교 밖 아이로 취급받게 된다. 아이들이 가족과 함께 있는 시간은 많아지지만 친구들을 사귈 기회는 적어질지 모른다. 반가운 방학도 없게 된다.

가장 중요한 점은, 아이들을 학교에 보내는 것보다 몇 배의 노력이 들어간다는 거다.

이런 어마어마한 결정을 내릴 수 있는 부모가 과연 몇이나 될까.

미니멀 라이프도 마찬가지다. 이를 실천하기로 만약

마음먹는다면… 난 상상 조차 하기 싫다. 도무지 엄두가 나지 않는다.

하지만 듣도 보도 못한 삶의 방식을 들려준 부부는 무슨 이유인지 기사로 실어보자는 제안을 정중히 거절했다. 뭐가 특별나냐며, 자랑할 만한 일이 없다며 겸손해했다. 언젠가 진짜로 세상을 깜짝 놀라게 하는 일을 펼치면 그때는 인터뷰에 응하겠다는 답변과 함께 말이다.

별 거 아닌 얘기를 떠벌리며 기사로 써 달라는 어이없는 부탁들을 하도 많이 들어봐서일까. 난 '세상과 타협하지 않는 고집'과 '진정한 겸손'을 함께 지닌 사람들은 이 세상에서 눈곱만치도 찾아보기 힘들다고 생각한다.

아, 이런 흔치 않은 사람들이라면 언젠가는 우리를 놀라게 하는 주인공으로 다시 나타나지 않을까 싶다.

너는 특별하단다

최근 들어 알게 된 분야가 '대안교육'이다. 나 역시 그랬지만, 사실 공교육을 벗어난 대안교육 내지 대안학교에 대해 오해하고 있는 사람들이 많다. 공교육에 적응하지 못한 학생들이 다니는 학교로.

하지만 취재해보니 널리 소개할만한 특별한 점들이 생각보다 많았다.

독자들의 관심을 끌었던 건 어느 대안학교 학생인 L군

의 인터뷰 기사였다. 그는 비인가 대안학교를 다니다 서울에 위치한 사립 명문대에 합격해 주위를 깜짝 놀라게 했다. '대안학교란 공교육에 적응하지 못한 학생들이 다니는 학교'란 나쁜 선입관을 보기 좋게 깨뜨리는 반전을 일궈내서다.

그가 들려준 대안학교 교실의 실제 모습은 흥미로웠다. 반 년 넘게 수업에 참가하지 않고 자율학습만 고집한 자신을 대안학교가 아닌 일반학교는 받아주지 않았을 거라 말했다. 수업 중에 영화 보고 싶다고 말한 엉뚱한 학생도 품어서 챙겼던 곳이 대안학교라고 강조했다. 만약 일반학교였다면 자녀가 수업에 집중하지 못한다는 이유로 부모가 호출당하지 않았을까, 그렇게 상상됐다.

사실 인터뷰를 위해 학교를 찾았을 때 온통 축제 분위기였다. L군을 포함해 총 4명의 학생이 모두 번듯한 대학에 합격했으니까. 누군가는 합격하고 누군가는 불합격한 게 아니라서 화기애애한 분위기가 만들어진 거라고 난 짐작했다.

하지만 아니었다.

이 대안학교의 졸업식은 일반 학교와 좀 달랐다.

수업 중에 영화 보자고 말한 아이, 수업 대신 자율학

습만 고집한 학생, 그런 엉뚱한 아이들을 품에서 품으려 노력했던 교사들이 모두 함께해서일까? 교장 선생님의 격려 멘트만 들어도 금방 알 수 있었다.

진심이 가득한 축하와 격려가 졸업식을 채우고 있다는 것을.

"너희들은 특별하단다. 모두가 대학에 합격해서가 아니란다. 개성이 넘치고 사연이 있는 너희 하나하나가 예쁘고 사랑스러워서이지."

어느 가족의 세계여행

25개 나라의 163개 도시를, 미니버스를 타고 돌아다닌 가족이 최근 책을 펴냈다. 「빼빼가족 세계여행」이라는 책이다.

다음은 본문의 내용이다.

> 세계 여행을 시작하기 위해 살고 있던 아파트를 팔고 아이들의 학업을 중단한 때였다.
> 철없는 부모, 대책 없는 가족이라는 말을 들어 속상했다.

그런데 348일 동안의 가족여행을 마치고 귀국한 그들은 의미심장한 말을 남겼다.

> 우린 큰돈을 써버렸지만 길 위의 선생님들을 얻었고,
> 집을 잃었지만 가족을 얻었다.

덩달아 할지 말지

미리 생존배낭을 꾸리는 사람들이 늘고 있다는 소식을 최근 기사에서 봤다. 북한 핵 위기나 지진에 대비하기 위해서다. 생존배낭을 국내에 처음으로 소개한 어느 연구소 소장에 따르면, 몇 만원이면 필요한 물품을 충분히 갖출 수 있다고 한다. 또, 갑작스런 재난 대비를 위한 거니 결코 허튼 데 돈 쓰는 게 아니라고 강조한다.

그런데 재테크를 공부하듯 생존법을 배우라는 조언을 듣곤 웃음이 나왔다. 오죽하면 생존법 교육의 필요성을 재테크 열풍에 빗대 표현했을까 싶었다.

소장의 말 속에 뼈도 느껴진다. 하긴 그렇다. 우리나라에서 재테크란, 한 번이라도 이를 고민해보지 않은 사람들이 과연 있을까.

말이 나온 김에 얘기를 이어가면, 재테크 붐이 마른 논두렁 밭두렁에 붙은 불 마냥 꺼지지 않고 계속 번지는 이유가 사실 궁금하긴 하다. 재산을 늘리기 위한 욕심이 아닐까. 흔히들 생각하는 이게 다가 아니라는 설명을 어느 날 지인으로부터 듣게 됐다.

월급 기준으로 국내 상위 1%쯤 안에 들어가는 Y형 부부. 부동산 등의 온갖 재테크 방법들을 무시해 한때 주위로부터 독불장군 소리를 들었다. 사지(Buying) 않고 사는(Living) 곳으로 충분한 곳이 집이라며 굳이 월세를 고집했다. 주식에도 눈길 한 번 안 주고, 수입에서 쓰고 남은 돈이 생기면 저축하는 스타일을 고수했다. 아마도 맞벌이로 억대 수입을 버니 나중에 부자가 될 거란 믿음을 가지고 있었던 것 같았다.

그런데 Y형 부부가 무릎을 꿇고야 말았다. 자산 증식에 관심 없는 그 부부가 재테크에 폭 빠진 이들의 코를 납작하게 해주길 내심 바랐는데…. 애석하게도 승부는 예상외로 오래가지 않고 끝나버렸다.

최근에 재테크에 '재(財)'자도 몰랐던 그 부부가 아파트를 분양 받아 보겠다며 기를 쓰고 있다. 잘못된 경제관을 과신한 자신을 자책하며 뒤늦게 후회한다는 소식이 들려온다.

갑자기 왜 돌변한 건지 의아했다.

알고 보니, 쓸 데 쓰고 남은 돈을 통장에 집어넣는 저축만으로는 미래가 보장되지 않는 탓이었다. 하늘 높을 줄 모르고 치솟는 집값을 따라잡기에는 역부족이라는 사실을 나중에야 깨닫게 된 것이었다. 이래선 안 되겠다 싶어 말을 바꿔 탄 셈이었다.

그러니 재테크를 시작한 이유가 '재산을 불려보자는 욕심'만은 분명 아니었다. 후회 내지 자괴감에 가까웠다. '월급만 꼬박꼬박 저축하면 돈이 모일 줄 알았더니 그게 아니었네.'란 후회와 '그때 샀어야 했는데, 주위에서 집으로 손쉽게 돈을 버는 모습을 보니 억대 월급을 벌어봐야 무슨 소용이야.'하는 자괴감.

Y형 부부는 많은 사람들이 책을 사 밤낮으로 공부해 투자에 나서는 이유가 바로 여기에 있을 거라 말한다. 그래서인지 폭등하는 집값과 전쟁을 벌이는 정부와는 정반대의 길을 이 무렵부터 가기 시작했다. 괜찮은 투자 물건을 찾아 눈에 불을 켜고 다니는 모습은 지금도 여전하다.

돈과 관련해 이 세상에는 참 아이러니한 일들이 많이 생긴다. 세상이 온통 뒤죽박죽해서일까. 예상 밖의 결과가 나오니 헷갈려서라도 똑똑한 남의 뒤를 따라가려는 경우가 갈수록 늘어난다. 어쩌면 '열풍', '유행', '붐'이란 단어가 붙은 걸 쫓는 게 그런 이유일지 모른다. 지금 당장 생각나는 것만 해도, '생존배낭 꾸리기 열풍', '재테크 붐' 등이 있지 않은가.

음, 전문가들의 조언처럼 남들이 쫓는 유행을 따라가지 않으면 자기만 손해일까? 따라가야 후회될 일이 없을까?

고민스럽다. 덩달아 할지 말지.

더 이를 악물고

할아버지 할머니들이 쓰는 지팡이가 보일 때마다 난 자리에 멈춰 서서 한동안 쳐다보는 버릇이 있다.

그렇게 된 데는 사연이 있다.

내 할머니는 생전에 지팡이를 잃어버리셨는지 어디선가 구한 말라비틀어진 나무를 짚고 다니셨다. 치매에 걸려 몸져누워 돌아가시기 전까지 잠깐 동안.

그때 학생이던 난 어쩌다 할머니를 뵐 때마다 그 손에 쥐어진 볼품없는 나무를 외면했다. '지금은 공부에만 신경 쓰기에도 벅차니 나중에 사드리면 되지 뭐.' 이런 핑계를 댔던 것이었다.

그 나중은 결국 오지 않았다. 그래서 할머니가 돌아가신 후 지팡이만 보이면 마음속으로나마 용서를 구하는 것이다.

아무도 모르지만, 내 마음속으로 용서를 바라는 순간은 끝이 없이 생긴다. 바쁜 회사 일로 가족이나 부모에게 소홀할 수밖에. 뭐 이런 핑계를 마음에 묻는 때마다 나만의 다짐을 한 번 더 해본다.

'더 이를 악물고 사랑해야겠다!'

마음을 주어 아프다면

"어른 말 들어 손해 볼 거 없다."

이를 듣기 싫은 잔소리로 여기지 않으면 아마 나이가 들었을 확률이 높다. 성인이라는 호칭이 붙을 나이가 되면 어릴 적 생각이 바뀌는 경우가 종종 생긴다.

사회생활을 하며 혼자 해결하기 힘든 고민들이 쌓이고 쌓이니, 다 풀어주는 약을 찾아다니는 버릇이 생겼다. 약이란 별 게 아니다. 누구처럼 용한 점집을 들락거리고,

누구처럼 성직자나 상담 전문가 앞에서 마음속 응어리를 털어버리는 것과 비슷하다.

내가 주로 찾는 곳은 선배나 친구. 돈이 안 들고 편해서다.

이런 습관이 생긴 또 다른 이유도 있다. 그들의 충고와 조언 속에는 내가 모르는 '인생비밀', '실패에서 배운 교훈' 등등의 각종 재료가 알맞게 버무려져 있다는 걸 알았기 때문이었다.

그렇다고 꼭 친한 사람만 찾는 것은 아니다.

왜냐하면 비슷한 고민을 이미 겪은 이들이 주는 약의 경우, 단 한 번에 치유가 되는 힘을 갖고 있으니까.

웬만한 고민을 해결하는 방법을 지녔건만 뜻밖에 암초에 부딪친 적이 최근에 있다. 남들이 들으면 웃을지 모른다. '꼬맹이들과의 인간관계'가 풀리지 않는 문제로 다가왔다.

봉사를 시작하면 좋은 일만 생길 줄 알았다. 그런데 아니었다. 가출 청소년들을 잠시 맡아 가르치며 마음고생이 심했다. 이때 생긴 고민에 잠을 설칠 때가 많았다.

아이들에게 다가가 마음을 준만큼 아이들이 변하겠지, 그런 믿음이 너무 강했던 것 같다. 말 한마디로 아이들을 바꿀 수 있다 여겨 늘 조심조심 대하며 최선을 다하려 노력했던 때 고민이 찾아왔다.

문제는 뭔가를 가르쳐도, 좋은 얘기를 들려줘도 이상하게 별 반응이 나오지 않는다는 점이었다. 대꾸든 반응이든 변화든, 돌아오는 게 없자 점점 지쳐만 갔다. 시간이 갈수록 섭섭하기가 그지없었다.

정성을 다했건만, 진심을 보였건만, 호주머니를 털어 도왔건만, 몇몇 아이들로부터 돌아오는 반응이란 여전한 거리감과 침묵, 냉소뿐. 웃어넘기려 해보았지만 밀려드는 씁쓸함에 그럴 수가 없었다.

어느 분야든 새내기들을 일으켜 세우는 건 경험 많은 선배들의 몫인가 보다. 보육계의 대모(代母)라 불리는 J원장의 얘기를 듣고 그때 의지가 됐다. 씁쓸한 마음이 다독거려진 건 순전히 그녀의 경험담 덕분이었다.

J원장님은 원래 미국 어느 대학교의 교수였다. 미국 생활을 접고 귀국한 건 순전히 그녀의 어머니 때문이었다. 보육원을 운영하던 어머니의 갑작스런 죽음으로 어쩔 수 없이 귀국해 가업을 이어갔으니까.

그런데 중간 중간에 포기하고 싶었던 적이 정말 많았다는 솔직한 고백은 뜻밖이었다. 무슨 말인가 찬찬히 읽어봤다. '마음을 줬는데도 몰라주고, 원하는 대로 해줬는데 제멋대로인 애들을 지켜보면서 정말 실망스러운 때가 많았다.'는 뜻이었다.

예를 들면, 정성을 다해 키운 아이들이 다 커서 찾아오지 않았다. 특히 애지중지했던 아이가 자신에게 알리지 않고 결혼식을 올렸다는 소식을 듣고서는 충격을 받아 밤잠을 못 이뤘다고 한탄했다.

그녀의 입에서 '배은망덕'이란 말이 나오지 않았을 뿐이지, 그동안 쏟았던 노력들이 얼마나 허무하고 의미 없게 느껴졌을까. 자신이 미국에서 이룬 것을 모두 포기하고 국내로 돌아와 보육원 운영을 맡았던 J원장의 심정이 이해될 수밖에 없었다.

하지만 반전이 숨어있었다. 당시 뒤통수를 얻어맞은 듯 배신감이 들었다던 J원장님의 반성이 바로 뒤를 이었다. 그녀가 잘못한 게 뭐가 있다고 후회를 하는 건지 의아했다.

J원장은 어느 날 갑자기 어머니가 생전에 몇 번 들려준 말씀이 머릿속에 떠올랐다고 했다. 짧게 각색해보면, 이런 거다.

"예쁜 우리 딸, 나중에 커서 엄마가 하는 일 이어받아 볼 생각 없니?"

"음. 싫어. 난 힘든 그런 거는 안 할래."

"그렇다면 하는 수 없지. 알겠어. 그런데 만약에 네가 내 자리를 이어받게 된다면 말이야. 한 가지는 잊으면 안 돼."

"뭐? 그게 뭔데?"

"사랑을 나누어 주며 뭔가를 기대하면 절대 안 돼. 잊지 마. 우리 딸."

난 J원장님의 글을 몇 번이나 다시 소리 내어 읽곤 생각해봤다.

왜, 집을 나온 꼬맹이들과 함께하며 마음고생을 했을까?

마음을 쏟아내며 아이들로부터 '대가'란 '메아리'가 돌아오길 바랐던 건, 사랑의 본질을 모른다는 증거가 아닐까.

그렇다면 사랑이란 어쩌면 둘로 나누어지는 듯하다.

'메아리를 기다리는 사랑'과 '메아리에 아랑곳없이 생겨나는 사랑'으로.

있어야 할 제자리에 설 용기가 아직 남아 있다면

'만약 10대나 20대의 나이로 되돌아갈 수 있다면.'

누구나 이런저런 상상에 가끔 빠지곤 하지 않을까. 나 또한 마찬가지다. 나쁠 건 없다. 하루하루 쓰는 일기처럼 상상을 통해 뿌옇고 희미한 생각들이 어느새 정리되는 경우가 가끔 생긴다. 그러면 마음이 가벼워진다.

혼자 가만히 상상해본다. 그러면 '그때 만일 이랬다면 어땠을까?' 식의 회상이 슬며시 다가올 때도 생긴다.

그때 포기하지 않았다면 어땠을까. 지레짐작해 겁먹지 않았더라면 좋았을 뻔했는데. 욕심을 더 냈더라면 어땠을까. 머뭇거리지 않았다면 그 자리를 잡을 수 있었을 텐데. 딴 길로 빠져봤으면 지금쯤 뭐가 됐을까. 등등.

회상이 상상으로 끝나지 않기 위해서는 생각을 메모로 남겨 볼 필요가 있다. 그러면 메모에는 주로 이런 투의 반성들이 발견되기 마련이다. 이것만 봐도 알 수 있다. 후회스러운 때가 꽤 많았다는 뜻이다.

황당한 실수를 다시는 범하지 않으리라. 앞으로는 닥칠 문제를 미리 고민하지는 않겠어. 아예 시도조차 해보지 않은 건 어리석은 거구나. 등등.

이런 모든 상상(想像)은 시답잖다. 앞뒤가 맞지 않는다. 이유가 없다. 논리조차 알 수 없다. 그러니 상상은 낙서로 비유된다. 하지만 그 낙서를 상상 밖으로 꺼내어 하나둘 덧칠해 나가면 때론 뜻밖의 그림이 만들어질 때가 있다.

있어야할 제자리에 서 볼 용기가 남아있는 어른의 상상은 이와 비슷하다. 그래서 나름 쓸모가 생긴다.

왜냐면
상상의 '시작'은 '후회'에서 출발하더라도,
그 상상의 '끝'은 '꿈'과 '희망'을 향하고 있기 때문이다.

비상 飛上

옛 친구들을 만나면 이런 기분이 드는 걸까? 동창생 두 명의 근황을 접하고 묘한 감정에 빠져든 적이 있었다.

몇 년 전, 영국 유학을 다녀온 고교동창이 대기업에서 '수석 디자이너'로 활약하고 있다는 기사를 신문에서 보게 됐다. 학창 시절 무던해 성격 좋단 소리를 곧잘 듣는 것 말고는 별다른 개성을 보여주지 못한 녀석이었으니, 정말 의외였다.

그날 저녁, 귀가 길에서는 대학교 친구도 우연히 마주

쳤다. 그 녀석은 한때 친했던 나를 보고도 서둘러 자리를 피하고 싶은 듯해 좀 의아했다. 졸업한지 한참이 지나서 서먹해져서일까.

그게 아니었다. 아버지를 따라 대학교수가 될 거라 늘 자신만만하게 자신의 꿈을 말했던 그는 무슨 이유인지 직업을 밝히지 않았다. 명함이 떨어졌다며 둘러대는 얼굴에서는 궁색한 티가 묻어났다.

늘 도서관에 파묻혀 지낸 우등생이었던 그에게 그동안 무슨 일이 있었던 것일까?

동창생들을 만나고 생긴 싱숭생숭한 기분은 이튿날 골프 연습장을 찾았을 때도 없어지지 않았다. 골프 초보가 새겨야 할 코치의 말은 잘 들리지 않았고 골프채를 잡은 손에는 왠지 모르게 힘이 잔뜩 들어갔다. 그런 엉성한 폼으로 있는 힘껏 골프채를 연신 휘둘렀다. 온 힘을 실어 골프공을 아주 멀리 날려 보내고 싶어서일까. 하지만 그럴수록 공은 빗겨 맞아 땅으로 구르거나 뜬공이 되기 일쑤였다. 난 지칠 대로 지쳐서야 의자에 털썩 주저앉고 말았다. 그러곤 곰곰이 생각했다.

아, 묘한 기분이 사그라지지 않는 건 무슨 까닭일까. 가슴 한쪽에서 왠지 모를 자격지심이 올라오는 건 무슨 이유지. 게다가 실업자로 보이는 친구를 떠올리면 딱한 생각이 들면서도 한편으로는 '내 처지가 더 낫네.'하는 묘한 안도감이 드는 건 도대체 왜지.

그때 코치가 멍하니 앉아있던 내게 다가와 인상을 잔뜩 찌푸리며 말을 건넸다.

"오늘 막 휘두른 거 본인이 더 잘 알죠. 힘 빼라고 몇 번이나 말씀드렸는데 더 힘을 주면 어떡해요."

"아, 죄송해요. 힘주지 않고 스윙하면 공이 멀리 나가지 않을 것 같아서 그만."

"다시 한 번 말씀드리면, 몸에 있는 힘을 주고 경직된 상태에서 휘두르는 것보다는 힘 빼고 치는 게 공이 더 멀리 그리고 더 정확하게 간답니다. 이를 잊지 마셔야 돼요."

코치의 조언이 그날따라 꽤 괜찮게 들려와서일까. 갑자기 우리 인생살이에 붙여보면 어떨까하는 생각이 밀려왔다.

사람 인생은 참 알 수 없다. 한 자리를 꿰찰 거로 본 녀석은 시간이 흘러 잘 안 풀리고, 그저 그런 십대를 보낸 녀석이 예상과 달리 잘 될 줄이야. 오래간만에 만난 동창생 녀석들 모두 온 힘을 다해 살았을 텐데 결과는 예상과 달리 다 제각각이네.

정말 그랬다. 지금까지 주위에서 보아온 사람들의 삶들도 항상은 아니더라도 예상을 벗어날 때가 많았다. 그 이유는 아직도 잘 모르겠다. 하지만 정말 한참을 지나서야 알게 된 게 하나 있다.

힘 다 빼고 하늘 높이 날아오르는 비상(飛上)이 몸에 온 힘을 꽉 주는 날갯짓만큼이나 어렵고 힘든 일이라는 것을.

03

×

말과 행동

×

스스로를 드러내는 짓

시장에서의 셈법

일 년에 서너 번 될까. 장모님과 아내를 따라 전통시장에 가곤 한다. 무거운 짐을 들어줄 일꾼이 필요하다는 이유에서다. 그렇게 시장에 끌려갈 때마다 이해할 수 없는 진풍경이 꼭 벌어진다.

새우젓 등 김장거리를 구해야 한다며 호출당한 그날에도 어김없이 똑같은 상황이 일어났다.

"김 씨 아줌마, 제값 받지 않으면 물건 안 살 테니 알아서 해. 많이 살 것도 아니니까."

장모님이 건네는 말에 좌판 여주인은 피식 웃어 보인다. 반가우면서도 정말 못 말리겠다는 듯 고개를 내젓는다. 그리고 덤을 집어 주려하자 장모님은 손을 내젓는다.

"30년 단골손님을 어떻게 보고 그래. 그동안 좋은 물건만 줘서 오히려 내가 고맙지. 얼마나 남는다고 자꾸 이래."

장모님은 늘 이런 식이다. 이런 셈법도 대물림되는 건지, 아내도 마찬가지다.

한 푼이라도 싸게 장을 보려는 여느 손님들과는 다른 모습이 낯설다. 싸게 살수록 이득인 자린고비 셈법이 익숙한 나로서는 이해하기가 어렵다.

시장 한복판에서 펼쳐지는 이상한 풍경은 또 있다.

밥을 먹을라치면 장모님은 저렴한 메뉴들이 즐비한 식당에서 그 중 가장 비싼 음식을 고른다. 대충 손가락으로 메뉴를 가리키곤 주인아주머니와의 수다를 시작한다. 아들이 아파서 입원했다는 둥 곧 제사라는 둥 집안대소사가 서로 다 오고간다. 이야기를 나누다보면 이십여 분을 훌쩍 넘기기 일쑤다. 다음에 또 만나자며 인사를 나눌 쯤 주인은 직접 쑨 묵 등의 반찬거리를 챙겨 장모님에게 들려주곤 한다. 손님과 주인 간에 서로 언제 볼까 아쉬워하는 장면은 이젠 낯익은 풍경이 되어버렸다.

그런데 시장을 뜨문뜨문 가는데도 불구하고 단골 상점 주인들이 반기는 장모님의 정체에 대해 다른 상인들은 뭔가 오해하는 듯하다. 값을 깎는 법이 없으니 집 금고에 돈을 쌓아놓고 사는 마나님이라 여기는 눈치다. 장모님은 별로 개의치 않는다는 듯 그러거나 말거나 여전히 자신만의 셈법을 고집하며 시장을 누빈다.

이해 못하는 장모님의 행동이 나와도 매번 그러려니 하고 넘어갔는데, 달리 보기 시작한 건 그날 저녁 조카 녀석이 보던 만화책을 빼앗아 보면서부터다. 초등학생들에게 경제관념을 심어주기 위해 제작된 교육용 만화인 것 같았다.

그런데 상인들을 희화화한 장면이 참 못됐다.

상인들은 욕심이 많아 부르는 게 가격이라, 무조건 깎고 또 깎아야 한다는 식의 설명이 적혀있었다. 물건 값을 치르는 방법이 너무 우스꽝스럽게 묘사돼 문제였다.

순간 이런 생각이 들었다. 시장에 가면 물건 값을 꼭 흥정하라고 친절히 알려주는 글이 과연 옳을까. 물건의 가치를 제대로 알아주는 계산법도 필요하겠구나 싶었다.

그 순간 살충제 달걀 파동이 났을 때 어느 농부가 쓴 호소의 편지가 떠올랐다. 뼈 있는 메시지가 담겨 있었는데, 싸고 좋은 것만을 찾고, 정작 치러야할 대가나 알아줘야 할 가치는 고려하지 않는 소비자의 매정한 마음을 꼬집었기 때문이었다.

그는 많은 달걀에서 살충제가 검출된 이유를 하나하나 설명했다.

사육 단가를 낮추려면 가축을 대량으로 키워야 한다. 그러면 밀집 사육이 불가피하고, 자주 생기는 해충을 없애기 위해 살충제를 뿌려야 한다는 논리였다. 잘못된 관행이라 지적했다.

반면 닭들을 넓은 사육장에 풀어놓고 자유롭게 생활하도록 놔두면, 여기서 생기는 달걀은 값이 비싸진다. 결국 가격에 담긴 가치의 의미를 알아주길 바라는 속마음이 비쳐졌다.

이게 마음에 와 닿아서일까. 아내가 물건 값을 깎지 않아도 탓하지 않는 버릇이 생겼다. 대기업들이 운영하는 대형마트 가격은 믿을만하다며 왈가왈부한 적이 없으면서 유독 시장 상인에게만 야박하게 굴었던 것은 분명 잘못이었다. 철두철미한 경제관념을 자부할수록 저지르기 쉬운 실수인 것 같았다.

하루하루 살기가 팍팍해 허리띠를 더욱 졸라매고 싶은 순간마다 난 시장에서의 기억을 떠올리려 애쓰는 편이다.

어쩌면 제대로 된 셈법이란,

물건을 사려 지갑에서 돈을 꺼내면서도

물건에 담긴 가치를 헤아려 마음을 더해 계산하는 것이 아닐까.

부모의 잔소리

'행복'과 '성공'에 관심이 없는 사람이 과연 있을까? 관련 서적들이 책방에서 불티나게 팔리는 것만 봐도 금방 알 수 있다. '사랑'과 함께 우리의 영원한 관심사가 분명하다.

대학교에서도 비슷한 현상이 나타난다. 행복론(幸福論)과 성공론(成功論), 필수도 아닌 선택 과목을 일부러 배우는 학생들이 많으니까.

행복론 책을 뒤적이면 저자로 성직자, 철학가, 심리학자, 정신과의사, 예술인이 많다는 사실을 알게 된다. 그래서인지 삶의 향기가 배여 있다. 글을 읽다보면 인생의 길을 찾는데 큰 도움이 된다.

행복론을 알기 쉽게 설명하기 위해 누군가는 행복의 원천에 따라 6가지로 나누기도 한다. 바로 무집착(마음비우기)·도덕·신앙·이성·감성·성공 행복론.

그런데 이중 '성공 행복론'은 정통 행복론에서 외톨이 취급을 받는다. 다른 행복론들은 모두 행복을 추구하는 '과정'을 중요시하는 데 비해, 성공 행복론만은 말 그대로 성공을 얻어야 행복해진다며 '결과'를 강조하기 때문이다.

그래서인지 아예 성공을 행복의 조건에서 제외시키는 저술들이 숱하다. '성공이 곧 행복'이라는 등식이 성립되면, 행복을 인간의 권리로 본 작가들의 주장은 공염불이 되고 마니까. 이게 성공 행복론에 대해 '속물 행복론'이라고 비판을 쏟아내는 이유이다.

그리고 '성공 행복론'은 이를 피하기 위해 '성공론'으로 줄여 자신의 정체를 감추고 있다.

주위를 둘러보면 사람들에게도 비슷한 면을 발견할 수 있다. 누구는 성공에 병적일 정도로 집착하고, 또 다른 누구는 욕심을 다 버리고 마음까지 비워가며 현재에 만족하는 삶을 추구하려든다. 결국 선을 그어 둘로 나누는 거다. 이러한 이분법, 과연 맞는 걸까?

정말이지, 쉽게 풀 수 없는 난제다.

하지만 금쪽같은 지혜는 보통 멀리 있지 않는 법이다. 난 머리가 복잡할 때마다 부모로부터 귀가 따갑게 듣던 말을 떠올리는 버릇이 있다.

이런 말을 들어본 적이 있지 않은가.

"뭐니 뭐니 해도 늘 건강 챙겨라. 그런 다음 행복해지도록 노력해도 늦지 않는 법이란다. 성공해 돈 많이 벌면 물론 더욱 좋고."

부모의 잔소리 속엔 인생의 지혜가 오롯이 녹아 있나 보다. 우리가 쫓아야 할 가치의 우선순위에 대한 분석을 이미 다 해놓았다. 또, 성공과 행복은 서로 다르다는 해석을 끝내놓고 있다.

이렇듯 부모가 들려주는 교훈은 쉽다. 행복론과 성공론을 집필한 그 어떤 위대한 저자들이 남긴 말보다 더 간단하다.

부모 역시 '행복은 과연 뭘까'란 질문에 머리를 싸매고 끙끙 대며 고민을 해보지 않았을까.

어찌 보면, 부모의 잔소리를 뜯어 음미해야 할 이유가 아마 여기에 있을지 모른다.

부모들의 잔소리는 누구나 똑같고 늘 그치지 않는 습성이 있는 건,

끝날 듯 끝나지 않고 잔소리의 끝에 계속 뭔가가 덧붙는 일이 도돌이표처럼 이어지는 건,

아마도 사랑 때문이리라.

누군가를 위하여

기회가 없어 능력을 내보이지 못한

며칠 전, 어느 예능 TV프로그램을 눈을 떼지 못하고 봤다. 처음 본 그 방송을 끝까지 지켜본 건 호기심을 자극했기 때문이다. 스포츠 스타가 부동산 공부를 하다니. 재일교포 프로축구선수 정대세가 집에 돌아와 부동산중개사 문제집을 펼쳐놓고 공부하던 모습이 참 생소했다.

그의 인터뷰를 보고 나서 궁금증이 풀렸지만 말이다.

은퇴 이후를 감안한 준비라고 했다. 일 년 연봉으로 수억 원을 받는 프로선수이지만, 경기장을 떠나게 될 미래를 고민하는 모습은 어쩌면 자연스러웠다.

역시나 밥벌이는 누구에게나, 언제까지나, 어려운 숙제라는 생각도 들었다.

문화부 기자 시절 만나본 예술인들의 생계 걱정은 이보다 더 컸었다. 화가든 음악가든 배우든 안정된 고정수입이 없어 늘 골머리를 앓고 있었다. 그런데 생활고가 이 정도일 줄이야.

어느 날, 대한민국 문학상을 수상한 원로 L시인의 마지막 길을 지인을 통해 듣게 됐다. 비참하기가 그지없었다. 뇌졸중으로 쓰러져 35년 동안 가난과 병고로 고생하다 숨진 L시인. 그의 빈소에서도 식사 대신 커피 한 잔의 대접이 고작이었다고 한다. 이를 안쓰럽게 여긴 옆 분향소 가족들이 보다 못해 일부 문상객들에게 식사를 대접했을 정도였으니, 무슨 말이 더 필요할까.

버거운 현실을 벗어나기 위한 예술인들의 몸부림은 고되고 고되다. 일이 없을 때 레슨을 맡거나 낮에는 본업, 밤에는 아르바이트를 하는 건 기본이다. 아예 부업을 시작하는 경우도 나온다. 배우는 특기를 살려 연기학원을 창업하는 식으로 말이다.

그래도 문제는 있다.
본업도 부업도 생각만큼 되지 않는 경우가 다반사다.

이에 비해 연극배우이자 연출자인 S감독은 무대를 떠난 적이 없는 외골수다. 중년의 나이에 전단지를 거리에 붙이는 아르바이트도 마다할 수 없는 처지가 그의 신세를 말해준다. 누가 볼까 얼굴을 푹 숙인 채 전단지를 붙일 때마다 눈물이 핑 돈다는 넋두리는 애처롭다. 또 큰 무대에 서보지 못하고 점점 잊혀져가는 자신에 대한 자기 연민은 오히려 무대를 떠나지 못하는 이유가 되고 있다.

언젠가, 그날따라 슬픈 그의 눈이 보였다. 약간 취기가 오른 듯 그가 반어(反語)법으로 심정을 내비쳤다.
"누군가 그러더군요. 아무 것도 못 가진 게 기회가 올 거라는 증거라고. 그때 저는 못난 마음에 못난 말로 반문했죠. '차라리 연극을 관두라고 솔직히 말하는 게 오히려 낫겠다. 네 추측대로 지금 내 처지가 아주 비참한 건 사실 맞거든.'이라 대꾸할 정도로 세상의 무관심에 화가 났죠."

그는 연극을 좋아한다. 객석이 촘촘하게 채워지면 어쩔 줄을 모른다. 무대가 뜨거워지는 탓이다.

그런 무대는 흔치않다. 그렇다고 자신의 선택을 후회하지 않는다. 또 돈 잘 버는 스타급 예능인들을 부러워하지도 않는다.

오히려 무대 밖에 몰라 탈이다. 연애, 결혼, 내 집 마련 등의 세상 관심사는 그에게 딴 세상일 뿐이다. 허름한 사무실이 곧 숙소다. 난방시설이 갖춰지지 않아 추운 겨울을 지낸다. 침대 달랑 하나 놓인 사무실 문 밖에선 혼자 연습 중인 그의 연극대사가 늘 들려온다. 해님만이 좁디좁은 그 방을 비추며 유일한 관객으로 찾아온다.

기회가, 그를 언젠가는 찾아주길 바라는 이유로 부족할까.

난 믿고 싶다.

'햇살'과 '기회'는 모름지기 사람에게 가까울수록 좋다.

왜냐면 그만큼 마음이 따뜻하게 데워지기 때문이다.

그러면 슬픔과 분노는 언제 그랬냐는 듯이 금세 녹아버리지 않을까.

뒤늦게 알게 돼 그나마 다행

장애인복지관에서 잠깐 봉사를 할 때다. 장애인과의 생활이 처음이라 복지관에 미리 부탁을 드렸다. 당연히 쉬운 일을 주려니 기대했다.

그런데 이게 웬걸? 발달장애가 가장 심한 남자 아이를 돌봐달라니. 눈앞이 깜깜했다. 그 아이는 하루온종일 뛰어다녔다. 잠깐 눈을 떼면 어디론지 없어져 버렸다. 그러니 사고가 날까봐 한시라도 붙어 다녀야 했다. 무슨 까닭인지 화장실을 가자고 계속 졸라댔다. 추운 겨울에 거의 10분마다 세수하니 손이 트다 못해 피부가 일어나고 찢어지기까지 했다. 말리려 온 힘을 다 쏟아내 몸살이 날 정도였다.

솔직히 죽을 지경이었다. 첫날부터 힘들어 포기하고 싶은 마음이 굴뚝같이 생겼다.

이튿날 장애인복지관 사회복지사가 어떻게 눈치를 챘는지 내 옆으로 다가와 슬그머니 속삭였다.

"힘들면 힘들어 못 하겠다고, 아니면 증세가 약한 다른 아이를 맡겨 달라고, 솔직하게 이야기해도 됩니다. 언제든지요."

그러면서 그녀가 장애인 아이를 잠시 돌보겠단다. 고마웠다.

아니 그런데 이게 뭔가. 천방지축으로 날뛰던 아이가 마치 모범 학생인 마냥 조용해지는 게 아닌가. 편해지려면 그 비결을 물어보는 수밖에 없었다.

"도대체 아이가 선생님과 함께 있으면 변하는 비법이 뭔가요? 궁금하네요."

"호호호. 비결이라뇨. 그런 건 없고요. 단지 많이 알아야 하죠. 사람에 대해서도 그렇고, 지식도 그렇죠."

이게 밤새 관련 서적을 뒤적인 이유였다. 그제야 발달장애의 특성을 알게 됐다.

음, 어떤 한 가지에 지나치게 집착하는 발달장애 특성상 물을 좋아하는 거네. 계속 폴짝폴짝 뛰어다니는 행동을 문제로만 볼 건 아니네.

꼭 알아두어야 할 내용들은 그렇게 많았다. 그 후론 아이 다루기가 좀 수월해졌다. 그러다 겨울이 훌쩍 지나갔다.

어떡해서라도 버텨내려 노력했던 건 무엇보다 책에서 읽은 발달장애 전문가의 조언 때문이었다. 그의 몇 마디 충고는 발달장애 관련 일어나는 거의 모든 일들을 이해하는 길잡이로 부족함이 없었다.

"발달 장애아를 둔 부모의 마음이 되어보세요. 아이에 대해 물어보거나 도움 받을 곳이 별로 없습니다. 그래서 이상한 행동을 보여도 그 이유를 모르죠. 이걸 어떻게 이해해야 하고 대응해야 할지 알려줄 사람 하나 없는 세상에서 부모들은 어떡해서든 버텨내려 힘들게 살고 있답니다."

몰랐던 기술

어느 여름날, 하반신 마비로 휠체어를 타고 다니는 장애인 친구로부터 여행담을 들게 됐다. 그녀는 용기를 내어 바닷가를 다녀와서인지 몹시 뿌듯해 보였다. 그리 멀지 않은 거리인데 홀로 떠난 탓에 거의 왕복 10시간이 걸렸다니. 온통 그을린 얼굴이 이를 증명해주었다.

그런데 처음 가본 해변에서 한적하게 여유를 만끽하고 싶었는데 그러지 못해 아쉽다는 대목에서 이해가 되지 않았다.

이유가 뭘까, 궁금했다.

해변을 거닐던 사람들 중 마음씨가 착한 여행객들이 문제였다. 그녀가 모래사장에 빠진 줄로 착각해 물어보지도 않고 다짜고짜 휠체어를 밀어주니 은근슬쩍 방해받는 느낌이 들더란다.

그녀는 만약 같은 상황이 나오면 똑같은 실수를 하지 말라는 뜻인지 내게 귀띔했다.

"도와주겠다는 마음은 정말 고맙고 고마운데, 어떤 때는 도움이 필요하다고 부탁할 때 손을 내밀어줬으면 하는 바람이야."

"엉, 뭐라고?"

"상대방의 의사를 먼저 물어보고 확인해야 서로 불편하지 않지. 자신의 일방적인 생각만으로 도움을 주는 건 항상 좋은 것은 아니라고 봐."

"아, 그렇게도 볼 수 있네. 그렇지만 남을 돕겠다는 생각과 행동이 나쁜 건 아니잖아?"

"물론 그렇지. 하지만 남을 도울 때 물어보고 손을 내밀어야 한다는 내 생각에는 변함없어. 마음도 중요하지만 이를 표현하는 기술도 중요하거든."

그렇게 말하며 그녀는 책 한 권도 소개했다.

무릎 위에 놓여 있던 책 「사랑의 기술」.

“유명한 베스트셀러인데 꼭 읽어보길 추천해.”
“그런데 책 제목처럼 정말 사랑에도 기술이 필요한 거라 적혀 있어? 그렇다면 좀 이상한 거 아냐? 사랑이란 마음을 그대로 드러낼수록 좋은 거니까.”
“뭐가 이상해? 당연한 거지. 사랑이든 남을 돕는 거든 뭐든지 마음만으로는 부족할 수 있어. 기술과 방법이 많을수록 좋아지고 깊어지는 법이거든.”

그제야 머릿속 빈틈이 채워졌다.
뭐를 하든 마음을 있는 그대로 드러내면 다 잘 될 거라 믿고 있었는데, 그게 항상 옳은 것은 아니었다.

만약 뭔가가 잘 안 풀린다면
어쩌면 방법을 몰라서, 기술이 부족해서,
그럴 수도 있다.

최선이란 표현

많은 노력을 쏟고도 기대에 못 미치는 결말이 나타나는 걸 직접 경험해보거나 주위에서 본 적이 있는지?

"최선을 다했다."는 말을 여러 사람들 앞에서 함부로 말했다간 종종 자충수로 돌아오는 순간을 맞게 된다. 그랬다간 큰 코 다치기 십상인 세상이라 물어본 질문이다. 세상에 대충대충 사는 사람이 어디 있을까. 그래서 최선을 다했다는 표현은 돈만큼이나 아껴 써야 하는 것 중 하나인 듯싶다.

사회 초년병일 때였다. 당시 회사로부터 권고사직 명령을 받은 고참 부장이 있었다. 그분의 항변도 "최선을 다했다."였다. 아니, 그 말 앞에 한마디가 더 붙었던 것으로 기억된다. "죽도록."

어느 날 퇴직을 며칠 앞둔 그와 복도에서 마주쳤다. 커피 한잔을 마시며 이런저런 얘기를 나눌 기회가 생겼다.

"참나. 부장님 같은 분을 회사가 막 대해도 되는 건가요. 정말 억울하시겠어요."

"하긴 그래. 정말 많은 성과를 낸 나를 푸대접하다니 이 회사는 인재를 참 못 알아 봐. 이런 수모를 당할 줄은 정말 몰랐어."

"그러게요. 매정하네요, 이렇게 끝내다니. 그런데 죄송한 말씀이지만, 부장님을 옆에서 지켜보면서 저로선 이런 고민이 들긴 해요. 직장에서 최선을 다해야 할지 아님 빨리 딴 길을 찾아보는 게 더 좋을지."

"음. 글쎄다. 난들 아나. 그래도 넌 아직 어리니 노력을 다해보는 게 낫지 않겠어. 명심할 건 나처럼 적당히 하면 내 꼴 난다."

그는 슬그머니 일어나 먼저 자리를 떴다. 30년 이상을 다녔던 직장에서 한순간에 내쳐진 그가 마지막으로 들려준 조언은 그렇게 싱거웠다.

그 이후로도 "최선을 다했다."는 말을 쏟아내다 결국 험한 꼴을 당한 선배들을 수없이 보아와서일까. '최선(最善)'의 뜻을 국어사전에서 실제로 찾아본 적이 있다. 내가 모르는 의미가 숨겨져 있는 게 아닐는지 헷갈렸기 때문이었다.

'최선'의 사전적 뜻은 두 가지밖에 없다.

'가장 좋고 훌륭한 것' 아니면 '온 정성과 힘'.

그렇다면 슬픈 얘기다. 모든 노력을 기울여 훌륭한 일을 해내도 벼랑 끝에 몰리는 상황이 나올 수 있다는 게 아닌가.

이 세상에는 똑같은 단어를 달리 쓰는 사람들이 있다. 어쩌면 이들에게서 더 나은 해석을 기대해도 좋다.

베트남 축구 대표 팀이 올해 정말 신화를 쓸 뻔했다. 아시아축구연맹 U-23 축구선수권 대회에서 최약체로 평가받던 베트남이 승승장구해 결승에 진출하는 파란을 일으켰다. 베트남 전체가 난리 아닌 난리였다. 당연 온 국민의 관심이 결승전에 집중돼 TV 생중계 시청률이 무려 77%를 기록했다.

결과는 통한의 패배였다. 연장전 종료 직전 결승골을 허용해 1대2로 패하자 TV 해설자는 "선수들은 최선을 다했지만 운이 따르지 않았다."고 안타까워했다. 그날 경기를 할 때 폭설이 내려 상대팀인 우즈베키스탄에게 유리하고 베트남 선수들에게 불리했던 점을 지적한 것이었다.

하지만 베트남 대표팀을 이끈 한국의 박항서 감독은 이와 달랐다.

"결승전 내린 폭설을 패배의 변명으로 삼고 싶지 않다."고 소감을 담담하게 밝혔다.

그래도 베트남 선수들은 대회 내내 모든 힘을 쏟아냈기에 실망하는 눈치가 역력했다. 어쩌면 최선에 맞는 결과를 내심 기대했던 듯했다.

박 감독은 고개를 떨어뜨린 채 땅만 바라보고 있는 선수들을 다 불러놓았다. 그는 위로의 말은 하지 않았다. 대신 이런 말을 건넸다.

"왜 그렇게 풀이 죽어 있나. 우리는 최선을 다했다. 그러니 절대 고개 숙이지 마라."

최선이란 표현은 이럴 때 써야 걸맞다.

왜냐면 최선을 다한 자는 결과에 개의치 않으니까.

같은 버킷리스트 다른 생각

버킷리스트란 단어가 생각보다 우리들의 삶에 많이 다가온 듯하다. 주로 노인이나 중년의 은퇴자가 썼던 말이 여기저기로 번지니 꺼낸 말이다.

한 달 전쯤인가, '아동 버킷리스트 교육캠프'란 제목의 전단지를 보고 웃었던 기억이 생생하다. 장난감 놀이에 빠져 노는 아이들도 후회 없는 삶을 고민한다는 뜻일까, 지금 생각해봐도 또 웃음이 나온다.

원래 '버킷리스트(Bucket list)'란 꼭 하고 싶은 것들의 목록이라는 뜻이다. 영화 '버킷리스트 : 죽기 전에 꼭 하고 싶은 것들'이 2007년 미국에서 상영된 이후 널리 사용되기 시작했다. 이 작품은 암에 걸려 시한부 인생을 판정받은 노인들의 소원 성취 과정을 감동적으로 그려내 유명해졌다.

평범한 자동차 정비사 '카터(모건 프리먼 분)'와 괴팍한 백만장자 '에드워드(잭 니콜슨 분)'가 주인공으로 나온다. 죽음을 앞둔 두 노인이 같은 병실을 쓰게 되면서 영화가 시작된다.

카터가 대학 교수의 가르침을 떠올리며 버킷리스트를 만들곤 바로 휴지통에 버리고 만다. 왜냐하면 카터에게는 그럴만한 경제적 여유와 용기가 별로 없기 때문이다.

그런데 우연히 에드워드가 그 버킷리스트를 발견하면서 상황이 바뀐다. 에드워드가 함께 병원을 뛰쳐나가 버킷리스트를 실현해보자고 카터에게 제안하기에 이른다. 필요한 모든 비용을 자신이 대겠다는 말과 함께.

상영시간 총 100분. 전반 40분이 동병상련을 겪으며 싹트는 우정을 그렸다면, 후반 60분은 스카이다이빙을 시작으로 버킷리스트를 같이 실행에 옮기는 과정이 펼쳐진다. 이 영화는 줄거리대로, 후회하지 않는 삶을 위해 인생을 되돌아보자는 교훈을 담고 있다.

이 소원 이뤄가기를 영화의 백미(白眉)로 꼽는 평이 많다.

반면 전 세계를 돌며 버킷리스트를 실현하는 과정이 백만장자만 가능한 허황된 이야기라는 비평도 없지 않다.

틀린 말은 아니지만 내 생각은 좀 다르다. 영화 상영 동안 잠깐 졸았는지 잘못 짚은 비평을 내놓은 것 같다. 영화의 한 축이 '미처 이루지 못한 버킷리스트를 하나하나씩 실천해보자.'는 내용인 건 맞지만, 또 다른 축을 보지 못한 것이 아닐는지.

두 주인공들이 피라미드 앞에 앉아 나누는 대화 속에 중요한 메시지가 나온다. 카터가 에드워드에게 고대 이집트 속담을 소개하는 장면에서다.

사람이 죽어 하늘나라로 가면 두 가지 질문을 받는단다.

첫 번째는 "당신의 인생에서 기쁨을 찾았는가?"

두 번째는 "다른 사람들에게도 기쁨을 주었는가?"

명대사로 꼽히는 이 질문들은 우리들에게 어떻게 살아

야 하는지를 묻는다. 답은 영화 속에 나와 있다.

둘이 함께하는 여정은 버킷리스트를 다 채우기 전에 끝장이 난다. 그만 일이 꼬여버려 서로 얼굴을 붉히며 헤어지는 위기가 찾아온다.

하지만 카터가 수술 중 숨지면서 상황은 반전된다. 그 소식을 들은 에드워드가 화를 풀고 장례식장을 찾아간다. 그리고 추모사를 읊는다. 카터와 함께한 세 달은 인생에서 최고의 시간들이었다는 말과 함께 남아 있는 버킷리스트의 하나인 '낯선 사람을 도와주기'를 지운다. 죽은 친구 카터의 도움으로 인해 에드워드 자신의 인생이 달라졌다는 의미를 암시하는 장면으로 비쳐진다.

물론 이후에는 통속적인 결말이 이어진다. 욕심 많은 갑부인 에드워드는 가정의 소중함을 지키려는 평범한 아빠이자 할아버지로서 제자리를 찾아간다.

영화를 봤다면 거의 모든 버킷리스트 항목들이 이집트 속담 '당신의 인생에서 기쁨을 찾았는가.'와 관련이 있다는 사실을 알게 된다.

하지만 딱 하나는 다르다. 버킷리스트 중 '낯선 사람을 도와주기'만은 이집트 속담 '다른 사람들에게도 기쁨을 주었는가.'와 연관되어 있다.

이를 눈치 채지 못한 관객들이 꽤 많다.

감독의 의중을 제대로 읽었다면, 영화 버킷리스트에는 '나의 기쁨'은 물론 '남의 기쁨'까지 챙기면 100점 만점 인생에 100점이라는 속뜻이 숨겨져 있었다는 걸 알 수 있다.

그게 뜬금없이 이집트 속담이 거론된 이유라 본다.

아무튼 이 영화는 좋은 영향을 끼쳤다. 상영 이후 지금까지도 세계적으로 버킷리스트 실행하기 열풍이 불고 있으니까.

여기서 잠깐, 주변 이야기를 꺼내야겠다.

해외여행이 여기저기서 버킷리스트 1순위로 꼽히는 분위기다.

유럽여행 비용을 달라고 부모에게 떼쓰는 어느 녀석을 알고 있다. 그 부모는 자식사랑에 애간장만 태운다. 형편이 넉넉지 않아서다.

또 다른 어떤 녀석도 똑같이 유럽여행을 꿈꾼다. 축구를 워낙 좋아해 프로리그로 유명한 영국·독일·이탈리아·스페인을 콕 찍어 배낭여행을 떠날 계획을 세웠다. 그러곤 몇 달째 아르바이트 중인데 꼭 이뤄지기를 오히려 주위에서 바란다.

같은 버킷리스트인데 왜 그리 달라 보일까. 이왕이면 버킷리스트의 뜻을 제대로 알고 실행에 옮기면 더 좋지 않을까 싶다.

하고 싶은 것을 이뤄내는 건 좋지만, 누구의 마음을 아프게 하면서까지 밀어붙이는 건 삶을 그르치는 거니까.

두 가지 질문

고대 이집트 속담에 따르면, 사람이 죽어 하늘나라로 올라가면 두 가지 질문을 받는다.

"당신의 인생에서 기쁨을 찾았는가?"
"다른 사람들에게도 기쁨을 주었는가?"

— 영화 '버킷리스트' 중에서

여기서 기쁨이란 뭘까?

모르긴 해도 추구할만한 가치가 아주 조금이라도 담긴 일을 해냈을 때 생기는 감정이 아닐까.

어제보다 뭔가 하나라도 나아지길 간절히 바라는 과정이 바로 인생이니까.

다 믿으면 큰일

어릴 적 아버지로부터 배운 좋은 버릇이 있다. 바로 종이신문을 거르지 않고 보는 것이다.

아버지께서 신문에 빠져 지낸 이유를 여쭤보지 않았지만 아마도 기사에서 인생을 배우려는 뜻이었으리라, 짐작했다. 그래서인지 어린 자식들에게 신문을 읽어본 다음 차근차근 생각해보라고 가르치셨다.

그 무렵 아버지는 절대적인 존재였던 만큼, 아버지가 보배처럼 받드는 신문에 대한 믿음 역시 컸다. 신문에 실린 기사는 옳고 바른 글의 대명사쯤으로 여겼을 정도로.

하지만 신문에 대한 믿음은 대학생이 되면서 깨져 버렸다. 한쪽 구석에 실린 광고를 믿은 탓에 탈탈 털렸기 때문이었다.

외국인과 전화 통화로 회화를 배운다는 신기한 광고에 마음을 빼앗긴 적이 있었다. 수강료가 반값인데다 학원에 왔다 갔다 하는 시간을 덜 수 있는 장점이 마음에 쏙 들었다. 그래서 제대로 알아보지 않고 바로 두 달 치 강의료를 지불한 게 실수였다.

외국인을 만나면 얼어붙는 말문이 트여 좋았고, 마치 친구인 양 옆에 두고 사는 재미는 오래가지 않았다. 시작한 지 겨우 일주일 만에 못 볼꼴을 보고야 말았다. 이 세상에 태어나 첫 번째 사기를 당했으니까.

등록되지 않은 전화번호라는 안내가 들려올 때 첫 인생교훈을 비로소 얻게 됐다.

'마음을 뺏기는 순간 곧 못 볼꼴이 찾아온다.'

그 후로도 허위 과장 광고에 속아 피해를 입은 허당들은 주위에 더 생겨났다. 소액 땅 투자에 나서 낭패를 본 직장 선배나 상조회사가 망해 불입금을 모두 날린 옆집 아저씨 역시 나처럼 마음을 뺏긴 죄로 벌을 받았다.

한참 뒤에야 '기사는 기사이고, 광고는 광고일 뿐'이라는 사실을 알게 됐다. 그래서 아예 광고에는 눈길을 주지 말자고 마음먹었다.

그래도 기사와 뉴스는 믿었는데….

뒤늦게 기자를 직업으로 삼으면서 그나마 있던 믿음마저 사그라지기 시작했다고 감히 말해도 될지 모르겠다. 신뢰할 수 없는 언론방송사가 눈에 띌수록 실망감이 더 커져만 갔다. 신문사에 발을 들여놓은 그즈음 언론과 방송 매체에 비난의 화살이 비처럼 쏟아졌다.

그래도 2014년은 특별한 해였다. 세월호 참사를 계기로 바람직한 모습을 찾아가자는 움직임이 시작됐다고 보기 때문이다.

그로부터 몇 년이 흘렀다. 그새 몇몇 운동 경기에 비디오 판독이 도입돼 오심을 바로바로 잡아내는 것처럼, 이상하거나 잘못된 보도와 기사는 곧바로 독자들로부터 호된 비난을 받는 시대로 접어들었다.

하지만 언론방송계를 바라보는 내 솔직한 심정은 '그대로'다. 애매한 대답일지 모르나, 겉모습은 좀 변했을지언정 '아직도'다.

딸 얘기를 꺼내 빗대련다. 하나밖에 없는 딸은 종이신문이나 방송뉴스를 보길 꺼린다. 활자와 스크린에 대한 차가운 시선이 여전하다. 기자를 업으로 삼은 아빠를 둔 만큼 신문을 읽어보라는 닦달에도 꿈쩍 않는다. 딸이 내놓은 핑계에 그만 말문이 막혀버린다.

"아빠, 내 생각은 아닌데. 친구들이 다들 그래. 신문과 방송에 실린 거라고 해서 모두 옳은 건 아니라고. 다 믿으면 큰일 난다고. 잘 몰라서 드리는 말씀인데요. 다 믿어도 되는 신문이나 방송 있으면 좀 알려주세요. 그럼 난 물론이고 친구들도 보라고 설득해 볼게요!"

글쎄. 생각과 행동이 따로 놀지 않는 청춘들의 생각이 어쩌면 맞을지 모르겠다.

믿음은, 신뢰란,

접착제와 같다.

접착제의 그 끈끈함이 한 번 사라지면 여간해서는 서로 붙지도, 잘 이어지지도 않는다.

꼭 한번 맞고 싶은 벼락

유럽 여행 중에 있었던 일이다. 패키지상품을 선택한 지라 공항에서 처음 만난 여럿 가족들과 함께 여행길에 올랐다.

첫 대면부터 한참동안 어색한 분위기가 이어졌다. 서로 불편해했다. 그러자 일행 중 한 명이 안 되겠다 싶었던지 말문을 열었다. 아마도 데면데면한 상황을 바꿔보려 한 듯싶었다. 꺼낸 주제는 뜬금없이 로또 얘기다. 1등에 당첨된 두 명의 사례를 알고 있다며 자기 곁으로 와 들어

보라는 손짓을 했다.

그러자 다들 눈이 동그래지는 게 아닌가. 흔치 않은 로또 대박의 결말은 비록 싱거웠지만, 그의 의도는 적중했다. 서로 대화를 주고받고 잘 어울려야 여행의 맛이 난다는, 그의 숨겨진 지혜가 빛나보였다. 역시 서먹한 분위기를 깨는 데는 가벼운 일화 소개나 유머가 최고인가 보다.

얼마쯤 지났을까. 나도 처음 만나는 사람들과의 어색함을 로또 이야기로 풀어가는 버릇이 생겼다.

로또를 소재로 한 나만의 이야깃거리가 생긴 건 순전히 취재 덕이었다. '로또명당 사장들이 전하는 요지경 세상'이란 제목의 기사를 위해 명당 판매점 사장들을 취재한 적이 있어서다.

1등 당첨자들의 특징을 보면 주위에, 심지어는 가족에게도 당첨된 사실을 알리길 꺼린단다.

반면 2등은 완전 딴판이다. 아깝게 2등에 당첨된 사람들은 거의 다시 판매점을 찾아온다고 한다. 뽑히고도 아쉽기 때문이다.

별별 일화들이 많았다.

로또는 숫자 6개를 칠해야 하는데 7개를 골라왔다가 줄이 너무 길어 경황없이 숫자 하나를 뺐는데, 아뿔싸 그게 바로 1등 번호. 결국 3등만 두 개 당첨돼 너무 속상해 이틀간 병원에 입원한 어느 군인.

2등에 두 번이나 뽑혀 꿈에 그리던 귀농을 실행에 옮긴 아저씨 등등.

그런데 정말 특별한 얘기는 따로 있었다. 당첨되지 않은 로또로 인생이 바뀐 젊은이의 사연이다.

어느 청년이 술에 취한 채 일주일 뒤 다시 판매점에 찾아오면서 이야기가 시작된다.

"사장님, 제가 지난주에 로또 엄청 많이 산 거 기억나세요? 사실은요, 제가 모은 돈을 사기로 다 날리고 여자친구도 떠났으니 살아서 뭐 하겠냐는 생각에 죽으려고 작정했었거든요. 혹시나 해서 마지막으로 복권을 사본 거예요."

이 의외의 상황을 말해놓곤 갑자기 눈앞이 흐려진 그 청년의 말.

"그런데요, 로또 당첨 기다리면서 별별 생각이 다 들더라고요. 확률은 정말 적어도 대박의 행운이 제게도 올 수 있는 거잖아요. 그래서 마음을 고쳐먹었어요. 죽지 않기로. 저, 잘한 거 맞죠?"

이날 복권 판매점 사장은 젊은이의 등을 토닥토닥 두드려주곤 선물로 로또 한 장을 손에 건네줬다고 한다.

로또 판매점 사장이 인터뷰 말미에 남긴 말이 더 들을 만 했다. 지금도 기억 속에 선명하게 남아 있다.

"먹고 살자고 복권을 팔긴 하지만, 당첨 확률은 번개 맞을 가능성보다 낮으니 신기루에 불과해. 기자 양반은 사람들이 복권을 사는 이유가 뭐라고 보나?"

"뻔한 거 아닌가요? 대박을 꼭 한 번 맞아보고 싶은 거죠."

"글쎄… 내 생각은 이래. 일과 가난과 빚의 굴레에서 벗어나려는 몸부림 같아."

"듣고 보니 맞는 말씀이네요."

"그런데 말이야. 난 복권을 사려 줄지어 기다리는 저들의 모습에서 이상하게도 또 다른 굴레가 느껴지곤 해. 삶의 굴레로부터 벗어나지 못하고 오히려 더 촘촘히 얽매여지는 것 같거든. 그래서 가끔 헷갈려. 로또가 희망을 주는 건지, 아니면 그저 불행을 잠시 잊게 만드는 마취약 같은 건지 잘 모르겠단 말이야."

잠시 멈춤

후배들이 조언을 구하는 멘토(Mentor)로 통했던 직장 선배가 있었다. 그는 모범을 보이려는 스타일로 늘 바빴다. 일찍 출근하는 건 물론 야근을 밥 먹듯이 해댔다. 굳이 끼지 않아도 될 술자리를 찾아 참석했다. 회사 내 돌아가는 소소한 이야기라도 놓치지 않으려는 듯 동분서주했다. 그가 여기저기서 입수한 정보대로 인사(人事)가 실제로 이뤄질 때가 많았다. 정보통이라는 별명이 붙은 이유였다.

그는 모든 이의 예상대로 승승장구했다. 하지만 빠른 승진을 달려온 출세 길에도 어느 날 브레이크가 걸려버렸다. 새롭게 부임한 다른 나라에서 벌인 일이 잘못된 탓이었다. 운이 나빠서인지 그 일로 직장을 그만둬야 했다.

한참 뒤, 어렵사리 그 선배를 만날 기회가 생겼다. 반가워 단번에 달려갔다. 하지만 그에게서 예전의 모습을 찾을 수가 없었다. 완전히 딴사람처럼 변해 버렸다. 회사의 '회'자 얘기도 꺼내지 않았다. 그동안 얼마나 마음이 시렸기에….

잠깐의 만남은 기대와 달리 씁쓸했다. 선배의 존재가 회사에서 씁쓸하게 잊혀져가는 것처럼.

애써 지우려 한 선배의 모습이 다시 떠올려진 건 어떤 SNS를 보면서다. 그때 본 글이 선배의 씁쓸한 퇴사와는 너무 비교됐기 때문이다.

다니던 대기업을 보란 듯이 박차고 나온 어느 여직원의 좌충우돌 분투기가 블로그에 실려 있었다. 그녀는 사표를 쓰자마자 양말 제작판매 사업을 벌이곤 회사 이름을 '아이 헤이트 먼데이(I HATE MONDAY)'로 지었다. 출근하는 월요일이 싫다는 뜻이니, 그녀가 앓고 있던 월요병의 수준이 가히 짐작됐다.

좋아하는 일을 하고 싶은 심정은 알겠는데 그래도 그

렇지. 딱 일주일 고민 끝에 회사를 관두는 결정을 내리다니. 누가 봐도 무모한 짓이었다. 그런데도 그녀는 '용기'라고 우겨댔다.

하지만 묘하게 끌렸다. 아니, 부러웠다. 그깟 양말에 자신의 모든 것을 건 용기가 몹시 부러웠다.

며칠 뒤 책방에 들렀다. 사람들이 서점을 찾는 건 궁금한 걸 풀려고, 또는 뭔가를 배우려는 목적일지 모른다. 하지만 때로는 자신의 심정을 이해해주는 책을 고르기 위해 가는 경우도 있다.

그날이 그랬다. 이직 고민에 빠져있던 내 손에는 '퇴사하겠습니다'라는 책이 들려 있었다. 손과 발은 심장이 가쁘게 뛰는 소리를 이미 듣고 눈치 채고 있었던 것 같았다.

그 책에는 저자의 고뇌가 담겨져 있었다. 일본에서 대우 받는 직업인 신문기자를 50세에 걷어차 유명해진 주인공이 바로 저자였다.

그런데 무려 10년 간 준비해 사표를 냈다는 말에 기가 찼다. 뒤통수를 한 대 얻어맞은 느낌도 들었다. 책 제목처럼 무작정 퇴사를 종용하는 책이 아니었기 때문이었다.

회사에서 하루빨리 도망쳐 나오라고 등 떠미는 게 아니어서 마음이 더 복잡해졌다. 직장인이 아닌 자신의 시각에서 뒤를 돌아보라는 조언에 마음이 또 한 번 흔들렸다.

그날따라 무슨 조화인지 서점에서 '멈춤'이란 단어가 왜 이리도 많이 보이던지. '멈추면, 비로소 보이는 것들'이란 제목의 책이 눈에 띄었고, 여행책 표지에서 '일단 멈추고 여행', '잠시 멈추는 여유'란 글귀가 보였다.

문득, 삶에서 멈춰본 적이 과연 있나 싶었다. 그래서 지금 '잠시 멈춤'이란 비상 버튼을 눌러 보는 것도 나쁘지 않을 것이라 생각됐다.

멈춤이란 나무가 땅에 뿌리내리는 순간과 같지 않을까. 겉으로 보기엔 자라지 않는 것 같고 허송세월하는 것처럼 보이지만, 나무가 땅속으로 뿌리를 뻗치려는 건 힘겨운 순간 중의 하나다.

나무가 뿌리를 내리면 언제 그랬냐는 듯이 금세 성장하는 것처럼, 삶에서의 멈춤 뒤엔 고민의 속이 훤히 들여다보이게 되지 않을까.

그렇다면 멈춤 끝에는 둘 중 하나의 선택이 남아있을 게다.

고민을 벗어났다는 뜻으로 '마침표'를 찍게 될지, 아니면 고민이 스쳐가며 잠시 쉬어갔다는 증거로 '쉼표'를 찍을지는 몰라도.

판사도 때로는 억울하다

"내 직업은 판사(判事)입니다. 교통사고 민·형사 사건을 수없이 다뤄봤죠. 그런데 어느 날, 사소한 자동차 접촉 사고가 일어나 피해를 입었지요. 막상 당해보니 예상과는 달리 억울한 상황이 진짜 생기더군요."

최근 어느 부장판사가 한국인들의 '억울함'을 법률가의 시각으로 풀어낸 책에 나오는 내용이다.

피해자들이 억울함을 하소연하는 대상인 판사가 억울

하다니. 그 솔직한 말에 그만 웃음이 나왔다. 진지하기가 이를 데 없는 책인데, 그가 직접 겪은 일을 소개하는 대목에서 결국 웃음이 빵 터지고야 말았다.

자초지종을 들어보자.

그가 아파트 지하 주차장에서 나오다 다른 차와 충돌하는 사고가 났다. 보험으로 쉽게 처리될 줄 알았는데 아니었다. 의외로 복잡한 상황이 계속 이어지더니 분쟁조정위원회까지 가게 됐다. 결국 본인 책임은 40, 상대방은 60으로 예상보다 과실 비율이 가해자에게 낮게 책정됐다.

이제부터 판사의 하소연이 시작된다. 사회적으로 볼 때는 40 대 60의 비율이 적절하다고 볼 수 있지만, 피해자인 자신은 억울하다는 속마음을 내비쳤다. '20 대 80' 또는 '30 대 70' 정도로 상대방에게 더 많은 과실을 물으면 좋겠다는 내심이 읽혀졌다. 보험 처리 과정에서 가해자가 보인 얄미운 행동이 잊혀지지 않는 탓이다. 기계적으로 사고를 처리한 보험회사 직원과 면밀히 살피지 않은 분쟁조정위원들의 태도도 마음에 들지 않았다고 목소리를 높였다.

그러면서 슬그머니 입을 열었다.

"법률가인 나도 사소한 사건에서 억울한 심정을 억누르기가 쉽지 않았는데, 보통 사람들이 억울하게 느끼는 상황들은 훨씬 더 많겠는데요."

사실 교통사고처럼 서로 피해자라며 호소하는 상황은 기자들에게 낯설지 않다. 자주 발생된다.

예를 들면, 제보자와 그 상대방은 각자 다른 사실관계를 주장하며 서로 억울하다고 말하기 일쑤다. 문제는 그 다음이다. 양쪽 입장을 충분히 들어봤지만 누가 잘했고, 누가 잘못했는지를 딱 잘라 구분하기 어려운 경우가 비일비재하다.

한 번은 이런 일이 있었다. 성희롱 사건의 가해자로 의심되는 남자와 불편하게 마주 보고 앉았다. 제보자의 말과 달리, 결백하다며 억울함을 토로했다. 눈물을 보였다.

나중에 재판에 회부돼서야 말하지 않았던 사실들이 드러났다. 가해자의 결백 주장과는 달리 저지른 범죄가 확인됐으니 가증스러운 눈물을 흘린 것이었다. 연기를 완벽하게 해낸 셈이었다. 혀가 내둘러졌다. 이렇듯 자존심과 명예가 걸려, 또 금전 문제가 얽혀있어, 아니면 사람인지라, 거짓말을 섞는 경우를 수없이 보아왔다.

그런 씁쓸한 심경에 빠질 때마다, 오래 전 읽은 고(故) 김수환 추기경의 일화가 머릿속을 스쳐간다. 외국인들이 찾아와 담소를 나누던 중 오고간 대화를 옮겨본다.

"추기경님, 몇 개 언어를 구사하실 수 있나요?"

"두 가지를 잘 한답니다. 맞추어 보세요."

"라틴어와 한국말?"

"독일어와 한국말?"

"모두 틀렸습니다. 하나는 거짓말이고, 다른 하나는 참말입니다."

2개 언어에 능통하다는 성직자의 유머는 웃기되 우스워 보이지 않는다. 언제나 묵직한 울림으로 들려올 뿐이다.

추기경이 에둘러 지적한 거짓말.

사실 거짓말을 하는 이유를 잘은 몰라도 우리들은 아주 많이 쏟아낸다. 그래서 성직자들은 이렇게 읊조리나 보다.

상대방에게 99%의 잘못이 있어 탓하고 싶더라도,
나의 1% 실수가 없다면,
세상에서 문제와 사고는 생기지 않을 겁니다.
그래서 내 탓입니다.
모두, 내 탓입니다.

농땡이를 치지 못한 사람들의 후회

농땡이를 치면 칠수록,

학생은 성적이 곤두박질친다.

운동선수는 선수생명이 짧아진다.

근로자는 일을 떠넘긴다는 이유로 나쁜 평가를 받는다.

국회의원은 입법 활동에 나서지 않아 나라꼴이 우습게 된다.

이렇듯 게으르면 문제가 생기거나 실패를 겪는다고들

한다. 어릴 적 부모님과 선생님으로부터 귀가 닳도록 들은 소리다.

사실, 이 말은 세상에서 거의 진실과 동격으로 대우받는다. 이를 믿고 믿어서 농땡이를 쳐 본 적이 별로 없다 말하는 친구들이 몇 된다. 게으름을 피우고 싶어도 못한 이유로 봐도 좋다. 농땡이를 부리는 순간 일이 틀어지고 애쓴 노력들이 한순간에 물거품이 되어버릴지 모른다는 걱정에서 말이다.

그런데 이상하게도 친구들이 나이가 들어가며 딴 말을 하기 시작한다.

"반나절 농땡이로 재충전되는 기분 모르지? 그 재미로 슬쩍슬쩍 피우는 거야."

"난 일중독인 거 같아. 이제는 조금씩 쉬면서 딴 짓도 부리고 싶은 마음뿐이야."

'한 입으로 두말'하는 모순적인 태도는 친구의 병문안이나 장례식에서 끝에 다다른다. 30대 초반 심장마비로 아내를 남겨 놓고 세상을 떠난 동창생, 어느 날 백혈병으로 갑작스럽게 죽은 동네 친구의 장례식장 여기저기서 탄식들이 들려왔다.

"나 참, 사는 게 뭔지. 이 녀석 이렇게 죽을 거면 왜 그리 힘들게 버텨온 거니. 아, 모르겠다. 나부터라도 이제

달리 살 거야. 말리지 마!"

탄식의 힘은 컸다. 이젠 말로만이 아닌 행동으로 작은 일탈을 시작하는 친구들이 늘고 있다. 누구는 운동에 빠져 살고, 누구는 툭하면 해외여행을 다녀온다. 그동안 하고 싶은 걸 어떻게 참고 살았는지 모르겠다. 뜬금없이 다른 직장을 알아보거나 주식투자에 뛰어드는 친구들도 보인다. 대충 무슨 마음인지는 알 것 같다.

친구들의 새로운 겉모습은 다 다르지만, 속마음은 비슷하다. 여기엔 한 가지 비슷한 점이 있다. 노력할 의미가 '없는 것'과 '있는 것'을 구분하는 거다. 물론 선을 긋는 경계는 각자 다르겠지만.

어느 날 여행 책을 읽다 대학선배의 얘기가 나와 깜짝 놀란 적이 있다. 졸업 후 소식이 끊긴 그 선배를 여행기의 저자로 만나리라고는 정말 상상을 못했으니까. 은행에 입사해 잘 다니고 있는 줄만 알았는데 여행가이자 칼럼니스트로 변신했다니 신기했다.

책 속엔 숫자만 보는 답답한 생활이 맞지 않아 농땡이로 잠시 자유여행을 떠난 게 생업이 됐다는 사연이 적혀 있었다. 그는 작은 일탈을 시도한 이유를 놓고 굳이 안 해도 되는 어설픈 변명을 늘어놓았다. 아마 남들에겐 허튼 짓으로 보일지 모른다는 우려 때문 같았다. 휴직 후배낭여행을 떠난 일탈과 그로 인해 돈 못 버는 여행가로의 전업 둘 다 형편없는 짓으로 보일까 불안해하는 눈치였다.

하지만 뭐랄까. 선배의 일탈은, 내가 보기엔 분명 일과 직업의 의미를 확인하려는 순례(巡禮)처럼 보였다. 그러니 선배의 변명은 그냥 가벼운 말처럼 들리지 않았다.

그 책을 덮을 즈음, 삶의 즐거움을 찾고자 한 옛 선현들이 떠올랐다. 목민심서를 쓴 다산 정약용 선생도 그 중 한 명이다.

그가 누구인가. 근엄한 실학자로, 암행어사 시절 관리들을 철저히 조사해서 사소한 비리도 용납하지 않은 선비 중의 선비가 아닌가. 또 그는 관료들에 대한 엄격한 평가와 상벌을 강조해 당시 신하들을 긴장시킨 인물이기도 하다.

그런데 그 역시 농땡이 친 일화가 고서에 나온다.

동부승지, 지금으로 치면 청와대 비서관쯤 되는 시절에 며칠 동안 천렵(川獵)을 즐겨 매운탕을 배불리 먹었다는 기록이 있다.

이렇듯 땡땡이든 농땡이든 때론 필요할 때가 있는 법이다. 어느 명의로부터 들은 의학적 조언도 비슷하다.

"몸이 마음에게 신호를 전달할 때가 있듯이, 마음이 몸에게 사인을 주는 경우도 있지요. 만약 아무 것도 하고 싶지 않다면 그건 분명 '나 힘들어요.'라고 마음이 몸에게 보내는 신호일 거예요."

첫 경험에 얽힌 잔상

"바보 같이 완전 속았네. 다신 거길 가나 봐라."

전혀 모르는 자동차수리 센터에 들른 게 화근이었다. 운전면허를 따자마자 첫 여행길에 올랐다가 낭패를 당해버렸다. 엔진이 털털거려 급히 수리를 맡겼다가 지갑을 탈탈 털려버린 쓰라린 경험을 겪게 됐다.

자동차 엔지니어의 첫 인상은 얼핏 보기엔 믿음직스러웠다. 고등학교를 갓 졸업한 나이쯤으로 앳돼 보이는 탓인지는 몰라도. 그는 차의 이상 증상을 듣곤 에어스프레이 비슷하게 생긴 것을 연신 뿌려댔다. 뭔지 모르지만, 두 개의 스프레이를 다 소진될 때까지 힘껏 눌러댔다. 낑낑대며 애쓰는 모습이 자주 비쳐졌다.

그러니 동생 같아서 좀 안쓰러운 느낌이 들었다. 수리비 20만 원을 달라는 말에 덜컥 신용카드를 내주었다. 고마운 마음에 수리내역을 묻거나 따져보지 않은 건 분명 실수였다.

며칠 후, 다른 볼일로 자동차부품 판매점을 방문하게 됐다. 거기서 똑같은 스프레이에 붙여진 가격표를 보는 순간, 화가 나다 못해 어이가 없었다. 해도 해도 정말 너무했다 싶었다. 왜냐하면 스프레이에는 오천 원 가격표가 붙여 있었기 때문이었다. 터무니없는 바가지를 쓴 꼴이니 부아가 치밀어 올랐다. 바보 같은 짓을 후회했다. 다시는 모르는 곳을 찾지 않겠다는 다짐을 하게 됐다.

그런데 당시엔 이런 황당한 일이 흔했다. 우리나라에 '마이카(My Car) 시대'가 열리면서 집집마다 자동차를 갖기 시작한 초창기에 벌어졌던 비행(非行)이랄까.

마이카 열풍은 정말 뜨거웠다. 옆집 아저씨든 대학 동창이든 만나는 누구나 어디서든 자동차 얘기를 꺼냈다. 죄다 처음 소유하는 자동차에 온통 빠져있는 것 같았다.

마치 차 없이 살았던 때가 기억나지 않는 듯했다. 그도 그럴 것이, 사람들이 자동차를 갖게 되면서 달라진 건 꽤 많았다.

자동차수리 센터를 개업하면 밀려드는 손님 덕에 큰돈을 번다는 소문이 돌았고,

차에 대해 잘 모르는 사람들은 졸지에 덤터기를 쓰니 조심해야 한다는 걱정이 생겨났고,

또 집에서 놀던 옆집 형은 자동차 딜러로 취직돼 마냥 신나하던 미소가 떠오르고,

너도나도 자동차를 끄는 바람에 관심 밖으로 밀려난 자전거 판매점 주인의 핼쑥해진 얼굴도 마주해야 했다.

이게 지금도 기억나는, 우리 동네에 생겨난 명(明)과 암(暗)이었다.

빠릿빠릿하지 못한 내가 졸지에 바가지를 쓴 것도 아마도 그 안에 포함되지 않을까. 그 잊혀지지 않는 기억으로 인해 좋지 못한 버릇까지 생겨버렸다.

첫 자동차 여행이 얼마나 설렜던지, 처음 들른 자동차 센터에서의 첫 바가지 경험이 어찌나 쓰라린지, 처음 접하는 것에는 설렘 말고도 긴장감도 생겨난다.

무엇이든지 '첫'이란 좋았던 나빴던 간에 오래 기억되는

힘을 갖고 있는 걸까. 아마 '첫'의 속성이 풋풋함 또는 아련함이어서 그럴 것이다.

그래서 '첫스러운 첫'이 되려면,

첫 인상이든 첫 만남이든 첫 사랑이든

마음을 다해야 하는 이유가 바로 여기에 있지 않나 싶다.

자동차광의 비밀

'자동차광' 소리를 들으려면 적어도 이 정도 요건은 갖춰야 한다.

전문잡지 구독 여부 등 자동차에 관심이 많은지 질문을 받으면 자신 있게 손을 들어야 한다. 또 거리에서 특이한 차를 보곤 그냥 지나치지 못하는 축에 속해야 한다. 그러면 최저 기준은 넘은 셈이다.

좋은 차를 갖고 있지 않아도 괜찮다. 그러나 애호가라면 동호회에 가입해 활동하거나 차의 성능개선에 손을 대는 건 기본 중 기본이다. 마지막으로 각종 차들에 대해 구구절절 풀어놓을 수 있는 해박한 지식이 있다면 마니아로 봐도 좋다.

흔치 않지만 오래 세월을 견뎌온 올드카, 소위 클래식카를 수집하는 부류도 자동차광으로 친다. 낡을 대로 낡은 차를 관리하는 비용이 만만치 않고, 부족한 부품 탓에 전국 폐차장을 누벼야 하는 불편함도 감수하기 때문이다.

어느 쪽이든 차를 끔찍이 아낀다는 점에서는 모두 같다.

기억에 남는 자동차광이 있다. 백발이 성성했던, 주류업계의 어느 기업가. 보통은 사람들의 이목을 집중시키는 튜닝이나 외관에 관심이 있기 마련인데 그는 달랐다. 복잡한 기능을 갖춘 차에 사족을 못 썼으니까.

그의 차에는 흔하지 않은 희귀한 기능들이 장착돼 있었다. 자동 8단 변속기에 컴포트·스포츠·에코의 다양한 주행모드, 일정한 속도를 유지해주는 크루즈컨트롤, 터져도 일정 거리를 일정 속도로 달릴 수 있는 런플랫타이어, 마사지 시트 등등.

허나 각종 사양이 엄청나게 장착되어 있는 그 차는 연식이 오래된 구닥다리에 불과했다. 출고 당시에는 최고급

럭서리 승용차로 대우받았을지 몰라도 지금은 낡아빠져 볼품이 나지 않았다.

그래도 신기했다. 국내에 수십 대 밖에 남아있지 않은 차를 타보는 기분 말이다. 그런데 더 신기한건 할아버지뻘인 그가 자동차 마니아가 된 이유였다.

어르신은 무일푼으로 출발해 성공한 기업가로 인정받고 있었다. 하지만 그는 자동차 마니아가 된 이유를 설명하기 위해 과거에 안 해본 일이 별로 없는 굴곡진 인생사를 털어놨다.

술 배달을 위해 운전학원에 등록한 게 차에 관심을 가지게 된 계기였다고 한다.

그의 감정이입(感情移入)식 고백이 이어졌다. 면허시험문제집을 풀며 마치 제대로 가보지 못한 학교에서 배우는 느낌이 들어 좋았다고 말했다. 한글만 깨우친 그에게는 자동차 학원 강사가 선생님 같았다. 복잡한 설명이 가득한 자동차설명서는 혼자 공부하는 자습서였다.

이처럼 차에 대한 자세한 설명을 읽고 암기하면서 미처 쏟지 못한 학구열을 불태웠다는 말에서 듣도 보도 못한 삶이 읽혀졌다. 나도 모르게 찡했다.

차를 타는 재미에 빠져서가 아니라, 공부거리를 발견한 게 마니아가 된 이유라니. 그래서 복잡한 기능이 많을수록 좋다고 말하다니. 이런 자동차광이 세상 어디에 또 있을까?

요즘은 소음기를 뗀 뒤 고속도로를 굉음을 내며 미친 듯이 내달려 교통위반 딱지 몇 개 끊어야 자동차광이라고들 한다.

비싼 슈퍼카라 아파트 주차장 2칸에 버젓이 주차시킨다. 그래야 여기저기서 얘깃거리가 된다.

오래전 일본 출장 때의 기억과 비교되는 장면이다.

당시 자동차 잡지에서 희한한 사진들을 본 적이 있다. 차를 얼마나 사랑하기에 집 안의 별도 공간에 주차시키고 매일같이 세차를 해대는 이상한 족속들의 모습 말이다. 값비싼 차를 모는 차주라면 그러려니 하고 넘어가지만, 도대체 한물 간 구닥다리 자동차가 뭐가 좋다고 애지중지하는 건지. 참 사서 고생을 한다 싶었다.

물론 그 이유는 짐작이 됐다. 외관이 볼품없더라도, 성능이 엉망이더라도 평생 함께한 차여서가 아닐까. 다른 부연 설명이 없어도 사진들을 통해 그런 느낌이 뿜어져 나왔다.

뭔가를 미친 듯이 좋아한다면 그 뜻은 뭘까?

좋아하다 못해 사랑하는, 때론 미쳤다는 말을 듣는다면
자신의 일부처럼 소중하게 여기는 마음을 품어서라고,
난 생각한다.

번번이 실패하는 이유

취업이 되길 원하는 젊은 실업자들이 갈수록 늘고 있다는 소식은 어제 오늘 일이 아니다. 그러나 쉽게 풀릴 문제가 아니어서 문제다.

대학 졸업 후 백수로 지낸다는 소식을 주위에서 한두 번 들었을 땐 괜히 측은한 마음까지 들더니, 이제는 다 그러려니 싶다. 이상한 현실이 이상할 게 없는 시대가 그렇게 되어 버렸다.

그렇지만 이건 정말 아니다.

최근 신문에 '빽에 웃고 빽에 우는 부조리공화국'이란 기사가 실렸다. 부정 청탁으로 얼룩진 채용 비리가 뚜껑을 열어보니 심각했다. '빽'과 '줄'과 '연고주의'가 공정한 심사를 가로막으며 불법·편법 채용이 난무한다는 소식이다.

오늘은 기가 찰 정도다. '어느 금융기관에서 경영진인 부모가 아예 면접관으로 들어와 자녀의 점수를 조작해 특혜 채용했다.'는 기사까지 나왔다. 이럴 수가.

걱정이 앞선다. 현장의 목소리를 들어보면 문제가 심각해 쉽게 해결되지 않을 것으로 보인다. 여럿 인사담당자들을 사적인 자리에서 만나 주고받은 대화를 추려보면 감이 잡힌다.

"김 기자, 이게 기사거리가 되려나. 잘 들어보시게. 우리 같은 굴뚝기업은 첨단 업종이 아니라서 뽑아야 할 인재 규모가 점점 줄어드는 추세잖아. 그런데 공채 채용 때마다 늘어나는 인사 청탁으로 골치가 아파. 나밖에 모르는 고민이라 더 머리가 아파."

"상무님. 공정한 심사를 내세워 채용 부탁을 단칼에 거절하면 되는 거 아니에요? 뭐가 문제죠."

돌아오는 답이 가관이다.

"요새 젊은 애들 다 똑똑해. 무슨 말인가 하면, 공부만 잘하는 게 아냐. 외국어 회화든 성격이든 뭐 한 가지를 꼬집을 게 없어. 그러니 누구를 뽑아야 할지 정말 고민돼. 무슨 뜻인지 이젠 감이 잡혀? 약간의 점수 조작만으로 합격과 불합격을 충분히 바꿀 수가 있을 정도로 지원자들 간 차이가 거의 없다는 뜻이야."

"아니, 기업 입장에서 굳이 그렇게까지 해야 하는 이유가 도대체 뭔가요? 정말 궁금한데요."

"자식의 취직 걱정에 부모들은 연줄 연줄을 찾아 줄을 대기 마련이잖아. 그럼 사장 등의 경영층 입장에서는 좋은 게 좋은 거라고, 꽤 이름 있는 부모의 자식을 뽑는 게 낫다는 게 공통적인 생각인데 낸들 어쩌겠어."

그 다음 질문은 묻지 말았어야 했다.

"인력관리 담당 임원이신데 그래도 괜찮겠어요? 그리고 앞으로도 계속 그러실 건가요? 참 걱정되네요."

"우리 같은 일반 기업도 이런데 공기업들은 오죽하지 않나 싶어. 나만의 고민은 분명 아닐 거야. 공정하지 못한 채용 관행이 앞으로 더하면 더했지 덜하진 않을 것 같아. 그래서 지방대를 다니는 내 아들에게 이런 말을 가끔 하곤 해. 뭔 말인지 궁금하지 않아? 괜찮은 회사 취업은 꿈도 꾸지 말라고 하지. 곧 퇴직하는 내게 무슨 빽이 있겠어."

이게 올해가 아닌 4년 전에 들은 이야기이다.

그땐 어이가 없었지만, 불공정한 채용 문제가 심각해질 거라는 인사담당자들의 예측은 기분 나쁘게도 맞아떨어졌다.

언젠가 대학원 후배 K가 찾아와 취업 상담을 부탁한 적이 있었다. 대기업에 이어 신문사에서 근무하니 세상 물정에 밝을 거라 믿고 조언을 잔뜩 기대하는 눈치였다.

사실 이 녀석은 국내 최고 명문 사립대에 합격해, 당시 시골동네에 현수막이 붙을 정도로 수재 소리를 들었다. 하지만 취업에 계속 실패해 지금은 원치도 않는 대학원을 다니고 있는 신세다. 사실 학점만 좋을 뿐 내세울 게 별로 없어 문제다. 좁은 취업문을 뚫고 나가기엔 힘들겠다는 판단이 들었다. 이럴 땐 기분 상하지 않게 잘 돌려 말하는 게 그나마 낫다.

"화려한 스펙이 있어도 빽 없으면 취업이 안 되는 시대라는 뉴스 아직 못 봤어? 정신 차려. 대기업만 목 빼고 기다리지 말고 이제라도 취업 가능성이 높은 중소기업이나 진짜로 하고 싶은 일을 찾아보는 게 나을 거야."

조언은 진심이었다. 왜냐면 지방대 재학 중인 아들에

게 취업을 기대하지 않는다는 어느 인사책임자처럼 나도 언젠가부터 딸에게 비슷한 말을 하고 다니는 버릇이 생긴 게 그 증거랄까.

이대로 가다 몇 년 후면 대학 졸업과 상관없이 좋은 직장을 얻기란 아예 불가능해지지 않을까.

내세울 게 없는 평범하디 평범한 학생들에겐 아예 기회조차 주어지지 않을까.

고달픈 취업 준비와 힘겨운 직장 생활을 어쩌면 한 번도 겪지 않아도 될지 모르니 좋게 생각해야 될까.

참담한 이 지경까지는 이르지는 않겠지. 설마.

우물쭈물하다가 이럴 줄 알았다

최근에 죽음을 일부러 미리 체험하는 사람들이 늘고 있다는 소식이다. 일명 임종(臨終)체험. 정신없이 바쁜 삶을 벗어나 자신을 되돌아보는 좋은 기회로 받아들이는 추세인가 보다.

몇 년 전 어느 사회복지기관을 취재하다 호기심에 이끌려 임종체험에 참가해 본 적이 있다.

결론부터 말하면, 그날의 두 시간은 충격 그 자체였다.

교육담당자가 이름을 부르면 죽음의 의식이 거행된다. "지금 이 순간 당신은 임종하셨습니다."라고. 담담할 거라는 예상은 보기 좋게 빗나가고 갑자기 손이 떨렸다. 이어 고이 쓴 유서를 품에 안고 영정 사진을 앞에 둔 채 암흑뿐인 관에 들어가게 된다. '이제 삶의 끝이구나.'하는 느낌과 함께 만감이 교차되며 눈물이 쏟아졌다.

"당신만 그런 게 아니라 다들 그런 답니다."

담당자의 위로가 없었더라면 민망했을 만큼 눈물샘이 정말 심하게 고장 났었다. 참가자들의 나이가 어떠하든, 담담한 반응을 보이는 이들은 거의 드물다고 했다.

그렇게 얼굴이 눈물로 범벅이 되는 건 다반사라고.

이어서 각자의 소감 발표가 시작됐다. 크게 두 가지로 나뉘었다. '모든 짐을 내려놓는 듯해 편안한 느낌이 살짝 든다.' 아니면 '깊은 반성과 후회가 밀려와 가슴 아팠다.' 라는 대답이다. 물론 후자가 훨씬 더 많았다.

임종 체험 내내 수강생들의 주목을 받았던 어느 청년이 마지막으로 연단에 섰다. 30대 초반으로 보이는 나이 탓인지 그에게 관심이 모아졌다. 참가 동기부터 어떤 소감을 발표할지를 놓고 잔뜩 궁금해 하는 눈치다.

"인생의 마지막을 미리 그려보고 사회생활의 첫 출발을 시작해보려 참가했습니다. 어떤 삶이든 묘비명으로 마지막에 남겨지는 문구가 그 사람에 대한 진정한 평가가 아닐까요. 그래서 오기 전에 자료를 찾아봤습니다. 그런데 이런 묘비명이 실제로 있더라고요. '우물쭈물하다가 내 이럴 줄 알았다', '결국 와놓고 보니 한(恨)도 많다.' 등등…."

순간, 나이 지긋한 수강생들 사이에서 폭소가 터졌다. 전혀 예상하지 못한 묘비명에 웃음을 참지 못한 듯했다. 이때 한 어르신이 기습 질문을 던졌다.

"자네 묘비에는 뭐라고 적히면 좋을까나?"

청년의 야무진 발언은 계속 이어졌다.

"안 그래도 관 속에 들어가 잠시 고민해봤습니다. 이게 좋을 듯합니다. 제 뜻대로요. 예를 들면, '가족과 함께하는 행복한 인생을 이끈 아빠', '한국의 선교사로서 아프리카에 학교를 세우는 꿈을 결국 이뤘다.' 하는 식으로 말이죠."

그의 소감 맺음에 여기저기서 박수가 터졌지만 이내 정체 모를 정적도 흘렀다. 아마 박수가 기특한 청년을 칭찬하는 표시라면, 무거운 정적은 뭐라 달리 해석하기가 어려웠다. 추측컨대, 노인 참가자들이 임종체험에서 느꼈을 후회의 표출 아니었을까 싶다. 또 그 후회란 바로 '우물쭈물하다가 내 이럴 줄 알았다.'란 묘비명이 딱 걸맞은,

지나온 삶에 대한 한탄일 듯싶다.

모두들 그 청년의 말에서 어떤 깊이를 느꼈던 것 같다. 같은 생각이다. 그의 말처럼, 어쩌면 새로운 출발에 앞선 다짐으로는 자신의 묘비에 세워질 비문을 미리 상상하는 것만으로도 충분할 듯싶다.

'첫 다짐'을 세울수록 '원하는 결말'로 이어지는 경우가 정말 많은 법이니까.

기술보다 더 중요한 것

요리사 남편을 둔 아내들은 마음이 편치 않을 때가 많다고 들었다. 잘못 요리했다간 핀잔듣기 십상이니까.

아무래도 기술을 갖게 되면 타인의 실수에 그냥 넘어가기가 어렵나 보다. 경험담을 꺼내면, 군대에서 이발 기술을 배운 탓에 좀 민감한 편이다. 헤어스타일을 책임지는 미용사의 실력을 눈여겨보는 습관이 배였다. 당연 마음에 드는 단골 업소를 정해 찾아간다.

언젠가 단골 미용실이 정기 휴일이라 한두 번 가본 이발소를 급히 찾아간 적이 있다. 머리를 손질하고 말끔히 정장을 차려입고 누군가를 만나야 할 약속을 깜빡 잊은 탓이다. 그곳엔 나이 지긋한 할아버지 이발사가 홀로 손님들을 기다리고 있다.

사실 이곳에 와서 만족스러운 때가 없었다. 약간만 커트해달라는 부탁에도 아주 짧게 머리카락을 쳐버린 때가 기억났지만 그날은 어쩔 수가 없었다. 낭패 본 기억을 감안해 이번엔 단단히 일러드렸다. 아주 약간만 매만져달라고 부탁드렸다.

역시나, 이 분은 손님의 의견을 중요하게 여기지 않나 보다. 주문에 아랑곳없이 자신만의 가위질을 선보인다. 문제는 깎아 내는 머리카락 길이다. 고작 1~2㎜를 잘라내니 도대체 손질을 하는 건지 아닌지 모르겠다.

능숙할지는 몰라도 마음에 들 리가 없다. 이번엔 도저히 안 되겠다 싶어 한마디 꺼낼 참이었다. 그 순간 이발사 할아버지의 풀 죽은 목소리가 들려온다.

"손님, 내일 문을 닫습니다. 여기서 아주 먼 곳으로 옮겨 새로 개업할 예정인데, 여하튼 그동안 고마워요."

아마 장사가 안 돼 문을 닫는 건지 속상한 표정이 가득하다. 찝찝해도 더 이상 뭐라 속마음을 표현하지 못한 까닭이다. 말이라도 그곳에서 장사가 잘 되길 바란다고 응원을 드리는 수밖에.

기술(技術)이란 뭘까? 배우려면 많은 시간과 노력이 필요하다. 기술을 연마해 어느 단계에 이르면 기예(伎藝) 수준으로 올라간다. 예술적 경지의 기술을 보유하면 장인(匠人)이라는 칭호를 붙여준다.

하지만 이게 다 일까?
손님의 마음을 헤아리는데 서툴다면,
타인과 진정으로 소통하는 기술이 부족하다면,
아무리 장인의 기예라도 그건 기술이 아니지 않을까.
손재주에 불과한 기교일지는 몰라도.

남달라서

과거 직장에서 만나 지금은 친구처럼 지내는 Y가 지난해부터 말끝마다 '워라밸'을 덧붙인다. 워라밸이란 '워크 앤 라이프 밸런스(Work & Life Balance)'의 앞 글자를 따서 만든 신조어다. 서울대 김난도 교수가 최근 펴낸 저서에서 쓴 말로, 일과 삶의 균형이 중요하다는 뜻으로 풀이된다.

이 친구가 왜 워라밸을 외치는지 대충 안다. 정시 퇴근보다 야근이 많으니 워라밸은 아직 먼 나라 얘기일 게다.

두 달 전에 그로부터 만나자는 메시지가 왔다. 좋아하는 참치 회를 앞에 놓고 늘어놓는 고민이 더 커졌다. 언제쯤 저녁이 있는 삶이 가능할까. 답이 나오지 않으니 답답할 뿐이라며 한숨만 내쉰다. 그러면서 여러 가지 주워듣는 게 많은 기자이니 어설픈 조언이라도 해보라는 표정을 지어보였다. 솔직히 난감했다.

실은 워라밸의 좋은 사례가 과연 있는지 나도 궁금했다. 친구가 원하는 답변을 찾을 겸 여기저기를 뒤적여본 까닭이다.

그러던 어느 날 괜찮은 사례를 찾게 됐다. 그런데 웬걸. 따라가 봐도 좋을만한 삶의 궤적으로 전혀 예상 못한 이름이 눈에 띄었다.

바로 짐 로저스.

그는 워렌 버핏, 조지 소로스와 함께 세계 3대 투자가로 꼽힌다. 10년 동안 4,200%의 수익률을 기록했으니까.

짐 로저스는 처음에는 돈을 버는 일에 푹 파묻혀 살았다. 어찌 보면, 일과 삶의 균형을 맞추려는 노력은 없었다. 오로지 일에만 매달렸다고 해도 과언은 아니었다. 이런 말을 내뱉었을 정도로.

"성공하려면 다른 모든 것을 포기하고 오직 목표에만 집중해 하루 24시간 중 15시간 이상을 노력할 것. 일과 다른 것과의 균형을 잡으려고 노력하지 말 것."

거짓말 같지만, 그는 정말 그렇게 살았다. 그래서인지 노력 끝에 어마어마한 성공을 거두며 그의 나이 38세에 현역 은퇴를 선언하기에 이른다.

그런데 그의 두 번째 인생 궤적은 처음과 확연히 갈린다. 그리고 참 유별나기로 유명하다. 자동차와 오토바이로 세계 일주에 도전했다. 여행기를 펴내 베스트셀러 작가에 오르기도 했다. 이제는 세계 곳곳을 누비며 강연을 펼치는 여행가이자 작가, 자칭 '자유인'으로서 살고 있다는 소식이 들려온다.

이러니 짐 로저스의 인생 궤적을 놓고 앞과 뒤가 다른, 이중적인 삶이었다고 비꼬는 사람들이 많다. 하지만 절묘하게도 일과 삶 간에 균형을 맞췄다고 보는 이도 있다. 젊은 날엔 일중독이었지만 중년 이후엔 가족과의 삶에 파묻혀 살고 있으니 어쨌든 균형은 맞춘 셈이라며.

그의 궤적은 한마디로 '줄타기'다. '지나친 일중독'에서 '즐기는 인생'으로 무게중심을 바꾸면서, '일에 미친 투자가'에서 '자유인'으로 변했으니 말이다.

짐 로저스가 청년 때 '일중독에 빠진 이유'에 대해 설명한 적이 있다.

"내가 일하는 이유는 성공이나 성취감을 위해서가 아니라 단지 꿈을 실현하기 위해서다."

그의 꿈은 자유였다고 한다. 얽매이지 않는 삶을 누리고 싶어 돈을 벌었고, 돈을 벌기 위해 일한 것이며, 돈이란 자유를 위해 꼭 필요한 존재란 뜻으로 봐도 좋을 듯하다. 이렇게 해석하면, 그가 원하던 꿈이란 '자유인', '가족과 함께하는 삶'이란 뜻이 된다.

그는 젊은 날 일 욕심 많은 투자가였다. 지금은 좀 다르다.

60대에 얻은 두 딸을 위해 지극 정성 헌신하는 '딸 바보'로 알려지고 있다. 매서운 투자가가 아닌 딸 바보 아빠로서 몇 년 전 책도 펴냈다. 애지중지하는 늦둥이 두 딸에게 꼭 하고 싶은 말을 남긴 만큼 진심만을 담았다고 전했다. 그 책의 핵심은 짧게 정리가 된다.

"사랑하는 딸에게. 내 성공 방식은 '남달라서'였다. 남들이 내 생각을 비웃으면 성공 가능성이 크다는 신호로 봤다. 그게 내가 찾은 인생의 답이지. 그러니 너희들은 꼭 원한다면 누가 뭐라 해도 제 길을 가도 좋단다."

짐 로저스의 성공 방정식 '남달라서'는 투자에만 적용되는 게 아니다. 삶의 궤적에 비춰 봐도 잘 맞물린다. 그러면 이렇게 해석될 수 있지 않을까 싶다.

남다르면, 그러니까 의지가 있으면,
'일과 삶 가운데서 균형을 유지해 나가는 것' 정도는 노력에 의해 어느 정도는 가능한 법이다. 지금 당장은 어렵더라도 시간이 흐른 뒤에는 언젠가는.

성공에 담긴 독약, 실패에 딸려온 처방전

한때 주식 고수들과 친하게 지낸 적이 있다. 뭐 하나라도 얻을까하는 심정에서다. 발을 들여놓은 지 몇 년 안 되는 투자가들을 만나면 실전 투자 비법, 뭐 이런 수준의 얘기를 알려주곤 한다.

하지만 한 번의 실수로 내쳐지는 비정한 세계에서 오랫동안 자리를 지켜온 고수들은 좀 다르다. 그냥 스쳐가는 말에도 무게가 느껴진다.

"이 프로님, 좋겠네요. 이번 거래가 쏠쏠하다면서요."
"김 기자, 내공 있는 기자되려면 한참 멀었네."
"네?"
"음, 호들갑을 떠니 하는 말이야. 한두 번의 어줍잖은 성공은 독이야. 믿기질 않지. 주식에 모든 걸 바쳤기에 정말 이런 말은 하고 싶지 않은데, 투자가로 가장 성공한 사람이 누군지 알아? 바로 증권계좌를 열고 첫 거래 때 바로 손해를 본 사람이야."
"제가 알아들을 수 있도록 쉽게 얘기해주세요. 도통 뭔 말인지…."
"쯧쯧. 김 기자는 아직도 대박을 믿나봐. 무슨 말인가 하면, 초기 실패를 떠올리며 다시는 이 바닥에 들어가려고 하지 않아야 좋은 거라는 거. 그걸 많은 실패를 거듭한 후에야 알았지 뭐야. 이건 어느 주식 책에도 없는 교훈이야. 새겨들어."

사업이 성공해 한때 의기양양했던 한 후배 역시 비슷한 말을 남겼다. 20대에 평생 놀고먹어도 될 정도로 돈을 벌었다가 30대에 빈털터리가 된 그의 인생은 보기에도 딱한 사연에 속한다.
"왜 이 지경까지 됐어? 전에 엄청 벌었잖아."
"선배님, 결국 대박이 쪽박이고 쪽박이 대박인 게 세상이치 같아요. 우연히 거둔 성공에 도취돼 무리하다 결국 이 모양 이 꼴이 된 거죠. 지금은 땅을 치고 후회해도 늦은 셈이 됐네요."

대박의 성공이 시간이 갈수록 끝없는 추락으로 이어지는 사례가 즐비한 만큼이나 실패가 오히려 행운을 안겨다 주는 경우도 수두룩하다. 비근한 사례는 정말 많다.

당장 오늘 뉴스에서도 보인다. 프로골퍼 김지현이 제주도에서 열린 어느 골프대회에서 우승한 뒤 소감을 밝혔다.

"지난해 미국에서 열린 대회에서 컷 탈락해 엄청난 스트레스를 받았죠. 그런데 충격을 먹고 이 악물고 노력한 게 도리어 이번 대회에서 보약이 됐네요."

이런 상황을 두고, '불운'이 '행운'이 되고, '실패'가 '성공의 밑거름'이 된다고 말하는 건가. 정말로 세상일은 참 모를 일인가 보다.

호주에 남은 마지막 원주민 부족들의 삶을 책에서 읽은 적이 있다. 그들은 스스로를 '참사람 부족'이라 칭한다. 그리고 이 부족은 문명인들을 '무탄트'라고 부른다. 무탄트란 돌연변이란 뜻으로, 본래의 모습을 상실한 존재를 가리킨다. 신의 뜻을 거역하고 자연과 조화롭게 살지 않아 붙인 이름이었다.

원주민들은 의식을 치르는 것으로 하루를 시작한다. 무슨 일이 벌어지면 그 뜻을 신께 묻기 위해서다. 이와 반대로 문명인들은 자신들에게 나타난 일의 의미를 묻는 법이 없다. 신이, 하늘이 주는 메시지를 구하질 않는다. 성공은 내가 잘해서일 뿐이라 우쭐대고, 실패는 내가 못 나서라고 자책할 뿐이다.

이에 비해 원주민들은 우주를 다스리는 신의 섭리를 믿기에 성공, 실패 모두 하늘의 뜻이라 믿는다. 성공이 오히려 인생에서의 뒷걸음질이란 사실이 언젠가는 밝혀질 테고, 실패는 큰 성공을 위한 징검다리일 뿐이라고 여긴다. 결국 성공과 실패는 매한가지라고 보는 셈이다.

똑똑한 현대인들이 미개한 원주민들보다 항상 낫다는 법은 없다. 난 그렇다고 본다. 엄숙한 원주민 의식이 현대인들에게 무모하게 보일지언정 정말 아무런 의미가 없는 걸까. 어쩌면 하늘의 뜻을 헤아리는 교감이 정말 있을지도 모른다. 우리들은 세상일에 대해 한치 앞도 모르는 한낱 연약한 인간에 불과하지 않는가.

그렇다면 하늘을 우러러보며 가끔 이런 질문을 던져봐야 한다.

빛나는 성공에 독약이 담긴 건지, 뼈아픈 실패에 이를 뒤엎을만한 처방전이 딸려온 건지를.

할아버지 말씀

할아버지께서 생전에 해주신 말씀이 어렴풋이 기억난다.

조기출세(자기 그릇을 넘어서 너무 빨리 이룬 성공), 중년상처·상부(사랑하는 배우자를 중년에, 즉 일찍 잃는 것), 노년무전(나이 들어서 돈이 없어 겪게 되는 고생)이 인간의 3대 불운이라고.

이런 큰 불운만 아니라면 웬만한 고비들은 하늘에 뜻에 따라 어떻게든 다 넘길 수 있는 거라고.

그건 아마도, 평생 농사만 지으신지라 자연에 순응하며 배운 삶의 지혜가 아닐까 싶다.

자연이 변덕부려 폭풍우에 모든 것이 떠내려갈지언정,

자연의 힘에 기대어 다시 씨앗이 싹트고 여물기를 기다리면 된다는 사실을 이미 알고 계셨기에 하신 말씀이리라.

함정에 빠지지 말아야 하는 이유

"다 기울어진 우리 가족이 다시 일어설 수 있다니, 믿기지가 않아요. 거짓말처럼 들리네요. 무슨 방법이 있다는 거죠?"

사회복지기관에서 딱 일주일, 봉사활동을 같이 했던 아주머니가 나를 사기꾼으로 보는 모양이다. 말꼬리가 계속 올라간다. 하긴 처음 보는 사람이 무너진 집안을 도로 일으켜 세울 수 있는 방법을 알려주겠다고 말했으니 그렇게 오해할 만도 했다. 정말 그럴 만했다.

모르는 사람들이 많다. 사회복지 일선 현장에서 일하는 사람에게는 남모를 사연이 있는 경우가 적지 않다. 그 아주머니의 사정이 그랬다. 아니, 사연이 기구하다는 게 더 정확한 표현일지 모르겠다.

결론부터 말하면, 사기를 당해 집이 한순간에 기울어졌다는 사연을 어쩌다 듣게 됐다. 그것도 가까운 친척에게 당했다니 황당했다.

믿기지 않는 사연의 전말은 대략 이랬다. 목장을 일구던 남편이 건강문제로 쓰러져 친한 친척에게 믿고 맡긴 게 문제였다. 결국 사기를 당해 마지막으로 건진 게 몇 천만 원. 그래서 남편 대신 생활 전선에 뛰어든 처지였다. 번듯한 일자리를 못 찾자 궁여지책으로 사회복지사 자격증을 따볼 참이었다.

그 다음은 듣지 않아도 알 만 했다. 바로 예전처럼 목장을 다시 운영하고 몸져누운 남편을 직접 정성껏 돌보는 게 꿈이라는 것을.

그래서 이쯤 듣고 차근차근 알려드렸다. 조그만 목장을 차려 재기에 성공하는 방법 말이다. 부동산 관련 업무를 오랫동안 맡은 경험을 살려 도움이 될 만한 조언을 추려본 것이었다. 목장 부지 마련은 이렇게, 대출은 저렇게, 젖소 사고 집을 구하려면 정부의 정책대출을 좀 받고….

설명이 끝나자 아주머니의 눈이 똥그래졌다. 못 믿겠다는 눈치였다. 만약 사람 의중을 읽어내는 속마음 번역기가 있었다면 이런 표현이 딱 맞을 듯하다.

'사람 마음을 끄는 게, 사기꾼 같아. 조심해야지.'

다행히 오해는 금방 풀렸다. 노트북을 켜 각종 인터넷 사이트를 뒤져가며 방법들을 실제로 눈앞에서 보여줬다. 그러자 의심의 눈초리를 거뒀다. 또 내가 잠시 자리를 비운 사이, 여기저기 직접 알아봐 확인을 마친 듯했다.

"정말 죄송해요. 말씀드린 것처럼 사기당해 호되게 마음을 다쳤더니 여간해선 사람 말을 믿지 않는 버릇이 생겨서 그만…."

사실 그 아주머니처럼 사기를 당하는 경우는 흔하고 흔하다. 특히 사회복지사처럼 마음이 착한 사람들은 속아 넘어가기 쉽다. 참스승이라 불리는 교사도 오래간만에 만난 제자에게 사기를 당할 수 있다. 혁혁한 무공을 세운 군인도, 세계무대에서 활동하는 한류 스타도, 하다못해 천재 변호사도 사기꾼에게 걸려들 수 있다.

세상 물정에 어둡거나 경제 지식이 부족한 탓에 빠지지 말아야 할 함정에 빠지는 거다. 물론 걸려들면 금전상의 손해를 본다.
문제는, 그게 다가 아니라는 점이다.

우선 사람을 믿고 싶은 생각이 사라진다. 그리고 마음이 닫히게 된다. 한 번 얼어버린 마음은 쉽게 녹지 않는다. 아니, 꽁꽁 얼어버린 마음은 녹는 법을 모른다.

어찌 보면, 함정에 빠지지 말아야 하는 이유가 여기에 있는지도 모르겠다.
마음이 닫히는 건 슬픈 거다.
사람과 사람이 서로 겉돌게 해서, 한 뼘도 가까워지지 못해서.

될 수밖에 없는 이유 안 될 수밖에 없는 까닭

자주 가는 카페가 웬일인지 오래가지 못한다. 보통 반 년을 못 버티고 손을 든다. 새롭게 인테리어를 꾸며도 소용이 없다. 같은 자리에 다시 개업한 카페 역시 마찬가지다. 주위에 카페가 하나둘 더 생긴 것도 아닌데 뭔가 단단히 잘못된 듯싶다.

자리도 좋고 외관도 그럴듯해 맡아보고 싶은 욕심이 절로 생긴다.

하지만 호기심 반, 욕심 반으로 물어보니 임대료가 턱없이 높다.

5평 남짓 규모에 말도 안 되는 수준의 임대료라니. 그러니 잘 될 리가 없었다.

반면 옆 상가 치킨 집은 전혀 딴 판이다. 별로 내세울 것이 없는 점포 같은데 보기와 달리 장사가 꽤 오래 간다. 이유가 궁금해 은근슬쩍 떠봐도 사장은 눈만 껌벅껌벅 댈 뿐이다.

분명 잘 되는 비결이 뭔가 있을 텐데, 도대체 뭘까?

그 후로 일주일에 한두 번 꼴로 들르는 단골이 돼서야 그제야 말문을 뗀다. 드디어 의문이 풀렸다.

장사가 처음인 치킨집 사장 부부. 다른 집에서 아르바이트를 하며 실전 경험을 미리 충분히 쌓았다는 귀띔을 해줬다. 보기엔 별 거 아닌 것 같지만 이게 실패하지 않는 비결이라 말했다.

비슷한 말을 다른 곳에서 들은 적이 있다. 대학 신입생 시절 강의실에서였다. 경영학 교수가 꼭 챙겨서 읽어봐야 할 책들을 추천했다.

그 중 하나가 피터 린치가 쓴 '돈 버는 법 배우기(Learn to earn)'.

책 가격은 13달러. 물론 충분히 값어치를 한다. 내용들 중에 지금까지도 잊지 않으려는 교훈이 하나 있다. 그건 바로 책제목처럼 '돈을 벌려면 우선 배우려는 자세를 갖춰라.'라는 거였다.

하지만 이 책의 교훈과 반대 방향으로 가는 사람들이 의외로 많다. 잘 알아보지 않고 카페를 시작해놓곤 금방 접는 사장들처럼 말이다. 배운 뒤 시작하려는 마음보단 돈 벌겠다는 욕심이 먼저 앞서는 것 같다. 타 죽을 걸 알면서 아름다운 불꽃에 혹해 뛰어드는 불나방처럼 돈벌이에 마구잡이로 뛰어드는 것처럼 보인다.

그건 어쩌면 다른 사람은 다 망해도 자신은 망하지 않을 거라 믿는 착각 때문일지 모른다. 그런데 이 착각은 누구에게나 찾아오는 병(病)과 같다.

최근 후배 녀석이 똑같은 병에 걸려 골치가 아프다. 젊은 나이에 희망퇴직을 신청하곤 억울한 마음이 생긴 듯하다. 보란 듯이 성공해 직장에 남아 있는 선후배들에게 짠하고 나타나고 싶어 하는 속마음이 읽혀진다.

그런데 요새 뜨고 있는 수제 맥주 집 스타일로 창업하겠다는 각오 말고는 보이는 게 별로 없다. 창업한 자영업자의 절반이 일 년 안에 문을 닫는다니 걱정하는 맘에 선후배들이 쏟아내는 조언에는 아예 귀를 닫아 버린다.

그러니 주위의 우려가 이만저만이 아니다. 그를 말리려면 어떻게 해야 할지 참 걱정이다.

희망퇴직을 당한 분풀이로 나도 한번 사장 해봐야 하지 않겠나, 이런 공명심에서 왜 벗어나지 못하는 걸까?

정말 믿고 싶지 않은 말인데….

"누구는 될 수밖에 없는 이유가 있는 것처럼, 누구는 안 될 수밖에 없는 까닭도 있다."는 말이 그냥 나오는 게 아니라는 생각이 별안간 든다.

고작 십억

"가진 게 고작 10억 밖에 안 되니 이 정도로는 부자 축에 못 끼죠. 한참 멀었죠."

아주 오래전 애견 계에서 활동하던 K사장이 내게 한 말이다. 지어낸 얘기처럼 들리겠지만, 그가 실제로 내뱉은 소리다. 세상에는 별의별 사람이 있기 마련 아닌가.

자초지종을 설명하면, 이 세상에는 재산이 많은 갑부들이 워낙 많으니 자신은 부자가 아니라는 일종의 엄살이었다.

이어 그는 부자의 기준도 들먹거렸다.

"요즘 돈 있다는 소리를 들으려면 재산이 얼마나 돼야 하는지 알고 있나요?"라고 대뜸 묻곤, 다섯 손가락을 내어보였다. 최소 50억은 돼야 부자로 통한다는 뜻. 그러면서 던진 말이 자기는 10억 밖에 없다는 재산 공개 선언이었다.

겸손한 척하며 제 자랑을 계속 늘어놓는 그의 말에 난 기가 막혀 더 이상 참을 수가 없었다. 그를 만나 나눠야 할 얘기도 잊어버리고 다음에 다시 만나자며 악수를 청했다. 인사를 하는 둥 마는 둥 하고 차에 올라타 휙 가버렸다. 돌아오는 길 내내 그를 탓했다. 욕심이 너무 과해 탈이라고. 반려견 업계에서 꽤 알려진 그였지만 생각하면 할수록 형편없는 소인 같이 느껴졌다.

그날의 불쾌했던 일을 일기에다 남겼는지, 엊그제 서재를 정리하다 우연히 메모를 보게 됐다. 그때가 어렴풋하게 떠오르며 피식 웃음이 절로 나왔다.

그런데 재산이 고작 십억, 이 말에 화가 난 기억은 분명 있는데, 왜 화가 불쑥 치솟아 올랐는지는 정말 아른거렸다.

그냥 웃으며 넘어가지 못한 이유가 뭐지? K사장이 갑

자기 왜 미워졌을까?

오히려 그게 더 궁금했다.

분명, 그의 허튼 소리 때문만은 아니었다. 아마 당시의 내 처지 때문이었을 거란 추측이 맞을 것 같다.

집을 마련하겠다며 1억짜리 아파트 분양을 덜컥 신청한 게 잘못이었다. 없는 살림에 고생을 바가지로 했다. 대출 받아 빚 갚느라 허덕이던 처지가 떠올랐다.

가진 게 별로 없으니 늘 아쉬웠다. 노력하는데도 도대체 돈이 모이지 않자 답답한 현실이 싫었다. 요 모양 이 꼴이 계속 이어질까 걱정됐다. 그래서인지 부모에게 큰 재산을 물려받은 K사장 같은 금수저들이 은근 미웠다.

분명, 그게 틀림없었다.

과거의 기억을 찬찬히 더듬어 보던 중, 갑자기 떠오르는 일에 얼굴이 화끈거렸다. K사장을 만났던 그날 밤 친구를 불러낸 게 화근이었다. 소주를 마시며 분을 삭인 것까지는 좋았는데, 술에 취해 벌인 행동이 문제였다. 서울 비싼 아파트를 갖고 있는 친구를 비꼬며 대신 술값을 내라고 떠밀었으니 말이다. 나 역시 K사장과 똑같은 실수를 저지른 셈이었다.

어쩌면 '욕심'이란,
재산이 1억 있으면 10억 부자를 부러워하고,
재산이 10억이면 50억 부자를 부러워하고,
재산이 50억이면 100억 부자를 부러워하고,
이런 것이 아닐는지.

헝가리 속담에 이런 말이 있다. '하얀 백합에도 검은 그림자가 있기 마련이다.' 세상엔 완전무결한 존재란 있을 수 없다는 뜻으로 쓰인다.

욕심을 놓고, 감히 남을 꼬집어 말할 수 있는 하얀 백합 같은 이가 과연 있을까 싶다.

목사님의 행복 강연

어느 유명한 목사가 행복을 주제로 펼친 강연을 들은 적이 있다.

그 분은 이런 말씀을 남겼다.

얼굴에서 미소를 찾아볼 수 없는 사람들이 걱정거리와 고민을 토로하며 행복해지는 방법을 꼭 알려 달라 부탁한단다.

돈이 많든 적든, 행복하게 살고 싶은 마음은 모두 같지 않은가.

그런데 정작 알려주면, 시큰둥한 반응을 보인단다. 성직자의 조언은 세상과 담을 싸야 가능한 소리로 이내 치부해 버리고 만다.

그러면 목사님은 꼭 다시 일러주곤 한단다.

"행복이란 게 별 게 아니에요. 아는 만큼 행복이 보인답니다. 찾는 만큼 행복해지는 방법이 보인답니다."

이 말씀은 행복이란, 없는 걸 만들어내는 게 아니라는 뜻일까.

굳이 큰 힘을 들이지 않아도 쉽게 찾아내 마음에 담으면 된다는 의미일까.

그렇다면 행복은 '마음'의 문제일 게다.

카페 사장의 쓴 소리

카페를 개업해 일 년 만에 쫄딱 망한 지인이 들려준 경험담이다.

그는 비록 사업은 접었지만 그래도 몇 가지 건진 게 있다며 넉살을 떤다. 우스갯소리치곤 한 번 들어볼만하다.

차 마시며 잡담을 나누는 카페는 거리마다 우후죽순 늘어나는 반면, 상대방에게 속마음을 내보이며 터놓고 말하는 손님들은 갈수록 줄어드는 게 요즘 세태다. 그래도 문을 열고 들어와 구석 자리에 앉아 조그마한 목소리로 대화를 시작하는 손님들이라면 비밀스러운 이야기를 꺼낼 확률이 높다. 어느 한 사람이 자신의 고민을 털어놓으면 서로 번갈아가며 힘이 되어주는 대화를 나누기 마련이고.

이렇게 지인에겐 손님의 특징으로 성격을 넘겨짚는 능력이 생겼다. 혀를 내두르게 하는 진상 손님이나 혼자 커피 마시며 몇 시간 동안 앉아있는 음유시인이 가장 문제인데, 인상착의나 행동거지로 얼추 알아챌 수 있다.

이들을 빼면, 개념 없는 사람들의 가장 큰 특징은 큰 소리다. 언성이 높아지면 열이면 열, 백이면 백, 남을 탓하고 비판하기나 욕하기다. 화가 난 정도와 목소리 데시벨은 비례하는 법이다.

좀 조용히 해달라는 부탁에 시비 거는 손님들도 부지기수다. 궁여지책으로 내놓은 아이디어로 효과를 톡톡히 거뒀다는 게 지인의 설명이다.

방법은 쉽다. 벽에 아주 큼지막하게 써 붙인 글귀 때문이다.

'우리 카페 내부의 모든 모습과 대화는 녹화와 함께 녹음까지 되고 있습니다. 그러니 언행을 함부로 하시다간

정말 큰일 날 수 있습니다.'

불자(佛子)인 그가 진담 반 농담 반 문구를 붙인 의도는 두 가지였다. 카페가 잠잠해지는 효과가 나타나고 진상 손님들이 나타나지 말길 하는 바람.

하지만 그 글귀가 손님들의 발길을 막는 걸림돌이 된 것 같다는 게 그의 뒤늦은 후회다. 손님들이 그 글귀에 마음이 찔리니 아무래도 발길을 돌리게 되고, 그래서 일 년 만에 매장 문을 닫을 수밖에 없었던 이유가 됐다는 진담 반 농담 반 추측이다.

물론 지인의 설명을 곧이곧대로 믿지는 않는다. 그래도 정말 그럴 수 있는 걸까 궁금하긴 하다.

쓴 소리는 달지 않다. 쓰다. 그래서 곧고 바른 소리라, 고언(苦言)이란 한다.

고언에는 뼈아픈 지적이 담겨 아프다. 그래도 그대로 받아들이면 특효약이 되기도 한다.

물론 바른 소리를 쓸데없는 훈수쯤으로 여기는 사람도 꼭 나온다.

그래서 쓴 소리는 가려서 해야 되는 법인가 보다.

마음먹은 대로

"좀 이상한데요, 이 글 모두 작가님이 쓴 거 맞나요? 대기업 일화에다 사회복지사·신문기자·작가 얘기까지 막 나오니, 누가 보면 여러 사람들이 쓴 줄로 알겠는데요."

교정을 맡은 담당자의 질문이 어색하지가 않다. 비슷한 말을 많이 듣긴 했다. "마음대로 이것저것 다 해보면서 사니 참 좋겠다."는 소리를. 칭찬인지 흉인지는 잘 가늠이 안 된다. 여러 직업을 거쳐 가며 진득하게 굴지 못했다는 주위의 시선이 없진 않았다.

'또 처음부터 다시 시작하는 거야?', '왜 그리 아슬아슬하게 사니?'식의 걱정과 '뭐가 잘못돼 다른 일을 시작하나 봐.'란 수군거림이 없었다면 그건 거짓말일 게다.

'마음대로'엔 '제멋대로'란 뜻이 있다. '앞뒤를 가리지 않고, 뚜렷한 기준 없이 자기 마음 내키는 대로'란 의미로 쓰인다. 결과가 좋지 못할 때는 더 안 좋은 의미로 사용된다.

아무렇게나 마구.

예를 들면, 이런 거다. 어떤 일이든 처음에는 다 좋아 보인다. 시간이 지나면 빈틈이 보이기 시작한다. 마음이 동요해 고민이 생긴다. 그러면 자신을 옭아매는 현실에서 벗어나고픈 철없는 생각이 어김없이 끼어든다. 앞뒤를 재지 않고 멋대로 결정하는 수가 있다. 결국 성에 안 차면 딴 마음을 품는 하수(下手)의 선택일지 모른다.

물론 '마음대로'엔 좋은 의미도 담겨 있다.

제 의지대로. 하고 싶은 뜻대로.

뜻대로 산 인물의 일화를 꺼내면 설명하기가 더 쉬워진다. 타샤 튜더의 사례가 그 중 최고다. 미국의 대표적인 동화 작가인 그녀는 2008년 92세로 타계하기까지 100여 편의 책을 펴냈다.

하지만 타샤 튜더는 독특한 라이프스타일로 더 유명했다. 작가이기를 거부한 작가인 탓이었다. 정말로? 진짜다.

그녀의 마음은, 진짜 꿈은 다른 곳에 있었다.

마크 트웨인, 아인슈타인과 교류했던 부유한 미국 명문가에서 태어난 그녀. 보통 사람들과 달리 부, 명예, 권력 등의 세속적 성공을 쫓지 않았다. 전기와 수도가 없는 옛날 농가에서 아름다운 정원을 맨발로 거닐며 자연과 어우러지는 삶을 동경했다. 드디어 30세에 가족과 함께 뉴햄프셔 주 시골로 내려가는 결단을 내린다. 거기서 자급자족을 하며 너무 좋아하는 정원 가꾸기에 정성을 다한다.

완벽한 자연 정원을 완성하고 싶다는 소망이 이루어진 건 56세가 되어서였다. 책 인세 수입으로 버몬트 주 산속 오지 땅을 사 농가를 지으면서부터다. 그러곤 27년간 가꿔온 이전 식물들을 일일이 다 파내서 새로운 집의 정원으로 옮겨 심어 죽을 때까지 줄곧 가꾸었다. 전기나 기계의 힘을 빌리지 않고 말이다. 무려 30만 평에 이르는 대지에 일 년 내내 꽃이 피는 영국식 정원을 일궈냈다.

그녀가 자연주의자의 모델로 불리는 이유가 바로 여기에 있다. 이정도 되면 맘먹은 대로 삶을 살아온 대표적인 사례로 볼 수 있지 않을까.

이런 타샤 튜더 얘기를 꺼주면 사람들이 보통 비꼬는 버릇을 알고 있다. "말이 쉽지. 그래도 인생은 맘먹은 대로 되는 게 아니야."라고. 이렇게 보면 그녀는 이 위대한 상식에 도전한 여전사(女戰士)가 아닌가 싶다.

그녀가 남긴 말 중 '마음대로'의 의미를 제대로 설명한 글이 있다. 그대로 따와 옮겨본다. 이것보다 더 정확한 표현은 어디에서 없기 때문이다.

마음대로란, 이쯤은 되어야 하지 않을까,

> 내 글과 그림을 본 독자들은 모두 창의력이 대단하다고 칭찬한다.
>
> 말도 안 되는 소리.
>
> 난 상업적인 작가고, 쭉 책 작업을 한 것은 먹고살기 위해서였다.
>
> 내 집에 늑대가 얼씬대지 못하게 하고, 감자 따위를 넉넉히 사기 위해서.
>
> 나는 다림질, 세탁, 설거지, 요리 같은 집안일을 하는 게

좋다.

직업을 묻는 질문을 받으면 늘 가정주부라고 적는다.

찬탄할 만한 직업인데 왜들 이상하게 보는지 모르겠다.

가정주부라서 무식한 게 아닌데.

잼을 만들기 위해 팔을 저으면서 세익스피어 책도 읽을 수 있는 재미를 다들 모르는 듯하다.

늘 가정주부로 살길 원했던 타샤 튜더는 평생 이런 질문을 가장 많이 듣곤 했는데, 그럴 때마다 그녀의 대답은 똑같았다.

"뉴햄프셔에서 27년간 애써 만든 정원을 포기하면서까지 아무 것도 없는 버몬트로 새로 이사할 필요가 있나요?"

"전 꽃과 나무에 사랑을 쏟는 게 너무 좋아 견딜 수가 없을 정도에요. 더 좋은 정원을 위해서라면 결코 겸손해지지가 않는답니다."

"아무리 좋다고 해도 그렇지. 56세 나이에 대 정원을 새롭게 꾸미려면 너무 힘들지 않겠어요?"

"힘들다니요. 인생은 짧지 않나요. 하고 싶은 건 하는 게 좋지요. 그게 행복 아닌가요."

맞을 듯싶다. 왜냐면, 마음먹은 대로 해보면

손닿을 정도의 가까운 곳에 있는 행복이 구해질 때가 많으니까.